Martine Cabanes

Avec la collaboration d'Arthur Cerf

ROMAN D'UNE BRAQUEUSE

XO ÉDITIONS

ISBN : 978-2-37448-634-5

À ma fille Anne, à mon fils William
et à mes trois petits enfants.

Juger, c'est ne pas comprendre. Car si l'on comprenait, on ne pourrait pas juger.

André Malraux, *Les Conquérants*, 1928

L'esprit cherche et c'est le cœur qui trouve. Gardez bien en vous ce trésor, la gentillesse. Sachez donner sans retenue, perdre sans regret, acquérir sans mesquinerie. Tu te sentais jeune, tu croyais que la vie et le plaisir ne doivent faire qu'un.

George Sand

PREMIÈRE PARTIE

1.

Il y a des matins comme ça où on se lève et on le sait d'avance : ce jour pourrait être le dernier de notre existence

Ce 8 juillet 1975 est un mardi d'été qui commence comme tant d'autres. Le ciel est blanc de chaleur, les pots d'échappement crachent leur poussière dans les rues et, un peu partout dans la capitale, des hommes et des femmes mènent leurs vies rangées selon des petites règles simples. Dans les métros, des monsieur-tout-le-monde s'entassent pour se rendre dans une tour à bureaux avec un attaché-case et un air empêché. Pendant ce temps, des femmes restent à la maison, tapent sur des machines à écrire et se résignent à des existences sans joie ni surprise. De mon côté, je me réveille dans un petit appartement de banlieue parisienne. La première cigarette, le premier café, la toilette, les gestes mille fois répétés. Pourtant, c'est une journée différente. À 22 ans, j'ai l'avenir devant moi, mais aujourd'hui, mon corps, mon cœur et mon esprit sont portés par une mission claire : libérer l'homme que j'aime ou bien mourir en essayant de le faire.

Voilà des semaines que je me prépare. Des jours et des jours à répéter des gestes en silence. Seule face au miroir, j'anticipe tous les scénarios possibles et imaginables. Encore et encore. Les gestes, les réactions, les imprévus. Dans mon petit appartement de banlieue parisienne, je fais tourner une phrase dans ma tête sans la prononcer à voix haute. C'est une ritournelle qui doit faire l'effet d'une bombe. Le moment venu, il ne faudra pas trembler, il faudra donner l'impression que j'ai fait ça toute ma vie. Un silence teinté d'hésitation, un doute un peu fébrile, une syllabe qui reste coincée dans la gorge et pouf, c'en sera terminé.

Le plus long, quand on risque sa vie, c'est l'attente. Tu as une date, une heure précise, un plan. Mais il faut patienter. Alors j'attends, j'attends, j'attends. La veille, tu ne dors pas beaucoup. Dès l'aube, t'es déjà dans l'action. J'enfile mes vêtements de tous les jours, je chausse des lunettes à grosse monture et mets une perruque rousse pour passer inaperçue. Une fois que je suis méconnaissable, je prends un grand sac à main. À l'intérieur : deux pistolets, un P38 et un colt 45, deux paires de menottes et une grenade. C'est bon, tout est prêt.

À deux ou trois détails près. Pour la voiture, les consignes sont claires : louer le véhicule au dernier moment pour ne pas éveiller les soupçons. Sauf que voilà, quand on loue une voiture à la dernière minute, on obtient rarement celle qu'on voulait – en l'occurrence, une voiture puissante. À la place, je récupère les clés d'une petite Fiat trois portes. Pour une course-poursuite, il y a plus efficace.

Tant pis, il faudra faire avec. Plus question de reculer, c'est aujourd'hui ou jamais. Contact. Moteur. Direction le Palais de justice, sur l'île de la Cité. Une petite heure de route plus tard, je cherche un endroit où me garer, le plus près possible du tribunal – là encore, consigne claire. Aux abords du palais, impossible de trouver une place. Merde. Je roule, je cherche, je me dépêche, je fais le tour du quartier. Ah ! en voilà une. Je fais ma manœuvre, m'arrête, coupe le contact. Me voici bien arrivée. Il est 13 h 30. Pour mon rendez-vous avec le destin, j'ai cinq minutes de retard. Un dernier instant de calme. Mon esprit fait le vide, je ne pense plus à rien, je suis concentrée. Quand tu t'apprêtes à faire ce que je m'apprête à faire, la pièce est en l'air. Pile : la mort. Face : la vie.

C'est parti. Comme prévu, je passe par la porte de derrière, réservée aux greffiers, aux juges et aux avocats. Des semaines que je révise : je connais par cœur le dédale des couloirs et pourrais m'y retrouver dans le noir le plus complet. D'un pas spontané, confiant et assuré, je franchis une autre porte et me retrouve dans le vestiaire des avocats. D'un geste mécanique, j'attrape une robe noire que j'enfile à la va-vite et glisse sous mon bras un épais dossier pour parfaire ma panoplie. J'avance tout droit dans la foule des avocats, juges et policiers qui suivent leurs vies ordinaires. Sur mon chemin, j'en croise d'autres habillés comme moi, qui ne se doutent de rien. Je ne suis plus très loin…

Pas si vite.

Dans les couloirs, un avocat m'interpelle. Il plante son regard dans le mien, me fixe, fronce les sourcils, croit reconnaître une consœur et tend sa main pour serrer la mienne. À mon bras gauche pend le sac chargé de tout mon arsenal. Dans ma main droite, je tiens la grenade.

— Pas le temps, je suis en retard ! lui lancé-je sans m'arrêter.

Vite, j'accélère la cadence. Encore quelques mètres et je pousse la lourde porte en bois de la quatorzième chambre correctionnelle. Au moment où j'entre, toute la salle se tourne vers moi. L'audience a déjà commencé. Avant d'aller plus loin, je marque un temps d'arrêt.

En l'espace d'une seconde, mon regard tombe sur l'homme que je suis venue sauver. Il s'appelle

Jean-Charles, il a 31 ans, les cheveux mi-longs, noirs et hirsutes et deux yeux vifs comme un feu qui crépite. C'est l'homme que j'aime. Quelques mois plus tôt, nous nous sommes mariés en prison. Aux yeux de la justice, c'est l'ennemi public numéro un. Aujourd'hui, il est jugé pour falsification de chèques et vol de voitures. Une virgule dans une vie qui compte déjà des dizaines de hold-up, rackets, braquages de banques et de bureaux de poste. Et je sais de quoi je parle : quand il passait à l'action, j'étais à ses côtés. Quand nos regards se croisent, la mèche s'allume. Je vois qu'il m'attend, s'impatiente, comme s'il regardait sa montre depuis une heure. Cinq minutes de retard, c'est pas non plus le bout du monde. L'heure est venue. Je suis prête, lui aussi. À part nous, personne ne se doute de ce qui est sur le point d'arriver.

Un mètre, deux mètres, trois mètres… J'arrive au niveau du box.

— Je suis l'avocate du prévenu !

Un silence. Le cœur battant, je lâche mon dossier. Les feuilles volent dans les airs.

Puis je dégaine la grenade, le bras tendu. De la main gauche, je la dégoupille. Dans le silence de la salle d'audience, ma voix rugit la phrase que je garde en moi depuis des semaines :

— C'est une évasion ! Que personne ne bouge, ou je fais tout sauter !

D'un bond, Jean-Charles sort du box des accusés. Aussitôt, je lui envoie le sac à main. Il en sort un pistolet, grimpe l'escalier qui mène au président, lui braque le canon du P38 derrière l'oreille et lui demande d'évacuer la salle. Le juge s'exécute. Des cris agitent l'assemblée. Dans un mouvement de panique, tout le monde se rue vers la sortie. Les policiers disparaissent par une petite porte, puis reviennent armés jusqu'aux dents. Quand on demande au président de les faire ressortir, ils battent en retraite. Maintenant, ils entrent et sortent de la salle comme pour vérifier si ce qui se passe est bien réel. En revanche, plus personne n'ose approcher.

Avant que nous quittions les lieux, un avocat tente d'intervenir :

— Martine, ne fais pas cette connerie !

Trop tard.

Il approche. Jean-Charles l'arrête net :

— Fais un pas de plus et je te flingue.

— Bon, bon, puisque c'est comme ça, je m'en vais.

Du sac à main, Jean-Charles sort la première paire de menottes et en passe une autour du poignet du président. Le juge se plie aux ordres. Plutôt une bonne nouvelle, son sang-froid va nous être précieux. Les yeux écarquillés, le procureur observe la scène. Hop ! Jean-Charles lui ordonne d'approcher et l'enchaîne au président avec la seconde menotte.

Il sort la deuxième paire de menottes et en attache une à la chaîne qui relie les deux hommes. Dans sa main, il tient l'autre menotte.

— Monsieur le Président, dit-il. Nous allons sortir tous les quatre d'ici. Faites en sorte que tout se passe bien, sinon, indépendamment de la grenade, ma première balle sera pour vous.

— Tout se passera bien, nous promet le président.

Avant de partir, il demande s'il peut retirer sa robe de magistrat et appeler sa femme pour qu'elle ne s'inquiète pas. Hélas pour lui, pas le temps, il faut sortir d'ici.

Dans un silence sidéré, nous prenons la direction de la sortie. En tête, j'ouvre la voie. Dans la grande salle des pas perdus, les gens s'éloignent, se mettent à terre, se plaquent contre les murs. Pas la peine de courir, nous traçons notre chemin d'un pas déterminé. Derrière moi, Jean-Charles tient en respect les deux magistrats, le P38 dans une main, le colt 45 à la ceinture. Je le connais : s'il faut tirer, il n'hésitera pas une seconde. Dans ma main, je serre fort la grenade dégoupillée.

La sortie n'est plus très loin. Un peu partout, des policiers se tiennent prêts, canons pointés vers nous. L'un d'eux s'avance, les mains sur les hanches, nous bloque le passage et nous apostrophe :

— Non mais, vous rigolez, Willoquet ? Vous croyez qu'on va vous laisser partir comme ça ?

— Casse-toi, c'est du sérieux !

Ça suffit maintenant. J'agite mon bras de droite à gauche et je hurle :

— N'avancez pas ou je lâche !

Le président :

— N'avancez pas !

Jean-Charles :

— Casse-toi !

Le flic s'en moque, il est venu jouer les héros… Boum. Jean-Charles tire en l'air pour l'arrêter, en vain. Des cris retentissent. Boum. Deuxième coup de feu. Cette fois, le flic s'effondre au sol, blessé au niveau du ventre… Sur ma gauche, un type me fonce dessus pour me prendre la grenade de la main. Si je relâche la pression… on disparaîtra tous en un joli feu d'artifice. Boum. Le policier tombe au sol.

— Avance ! me crie Jean-Charles.

— J'avance, je vais aussi vite que possible !

Je ne vois rien, je ne comprends pas ce qui se passe, mais je continue tout droit. Au bout de quelques secondes qui semblent durer une éternité, nous franchissons la porte, semons nos poursuivants et disparaissons dans les rues de la ville. Nous voilà libres et en vie. Il y a des jours comme ça où, contre toute attente, le destin décide de vous épargner.

2.

Souvenir de la fureur de ce jour d'été, une griffure demeure gravée dans le plafond du Palais de justice. C'est une longue entaille d'où semblent jaillir huit stries de verre brisé, taillées là par l'impact d'une balle tirée en l'air. Imaginez un peu : pendant près d'un demi-siècle, des générations de juges, d'avocats et de policiers ont défilé sous cette fêlure. Certains ont sans doute traversé leur carrière sans jamais arrêter leur regard dessus, ni même l'apercevoir. Le temps a passé, le monde a changé. Une partie du Palais de justice a même été déplacée vers la porte de Clichy. Aujourd'hui, le tribunal est une immense forteresse de verre bâtie en bordure de périphérique, une boursouflure tout en vitres, portiques et badges de sécurité, froide comme un hall de gare, impersonnelle comme un terminal d'aéroport. Cinquante ans ont passé depuis l'une des plus spectaculaires évasions de l'histoire du grand banditisme français.

Cinquante longues années depuis ce jour où je suis allée libérer celui qui était mon partenaire lorsqu'il fallait monter au braquage, mon mari et le futur père de mon fils. Tout cela me paraît si loin et me semble appartenir à un monde évanoui. Mais dans le vieux palais de l'île de la Cité, la faille est encore visible, comme une plaie qui n'aurait jamais cicatrisé. Du moins, c'est ce que j'ai lu, mais je ne suis jamais allée vérifier par moi-même. J'aime croire qu'un peu partout, il reste des traces du passé.

Aujourd'hui, ma vie est plus calme. Je mène une existence tranquille dans le pays berrichon qui m'a vue grandir. Les semaines se ressemblent comme un jour sans fin, et finissent par se confondre les unes aux autres dans une routine sans heurts ni surprises. Toujours pareil. Le matin, je me lève tôt, au plus tard à 6 heures, et je prends mon temps, c'est d'ailleurs un plaisir que j'ai appris avec les ans. Se laisser vivre. Sentir le jour se lever, entendre les premiers bruits dans la maison, la campagne et les alentours. Le café, la première tartine, les premières bouffées de cigarette. Suivent des gestes mille fois répétés. La toilette, les coups de brosse dans les cheveux, un simple trait de rouge à lèvres comme maquillage discret… Dans le miroir, je vois les rides creusées par le temps. Une teinture brune recouvre mes cheveux blancs, mais mes yeux sont toujours du même bleu perçant qu'autrefois.

Quand le soleil se lève sur la campagne, je prends la voiture. Une vieille Peugeot qui a fait son temps – et je roule à travers les champs d'orge, de colza ou de lin qui semblent s'étendre à l'infini. Si j'oublie d'attacher ma ceinture, la voiture me rappelle à l'ordre d'un bip autoritaire et je m'exécute. Au bout de cinq minutes, j'arrive au village de Saint-Août. Neuf cents habitants aux vies ordonnées selon des petites règles simples. Comme tous les jours, je me gare devant La Croix Blanche, le café où travaille mon amie Christine, une femme franche sur qui on peut compter, la meilleure des confidentes. Ici, les amis défilent toute la matinée, tout le monde connaît tout le monde, on parle de tout et de rien, des petits tracas du quotidien, la famille, la météo, le temps qui passe… Le premier café en appelle un deuxième et le deuxième peut glisser vers le premier verre de rosé. Quand on me demande comment ça va, je réponds parfois, par réflexe :

— Comme une jeune !

Les autres sourient, même s'ils connaissent d'avance ce trait d'esprit. En face du café se tenait ma petite épicerie. Cinq ans plus tôt, je l'ai vendue et j'ai pris ma retraite. Maintenant, je souffle. Pendant toute ma vie, je n'ai jamais soufflé, j'ai tout vécu à 200 à l'heure…

La suite de la journée est tout aussi banale. Un passage au dépôt de pain et même route en sens inverse. Dans ma maison perdue au milieu de nulle part, je retrouve mon mari Éric. On papote devant la télé. Sur ma tablette, je jette un coup d'œil aux réseaux sociaux pour voir la vie des autres, guère plus trépidante que la mienne. Je compose le numéro de ma sœur et elle décroche aussitôt, car elle avait déjà le téléphone dans la main pour m'appeler ! Nous sommes soudées comme deux jumelles. Quelques tâches ménagères plus tard, je me mets en route pour aller chez mon fils qui vit à Ardentes, non loin de la maison où j'ai grandi. Il travaille comme artisan, alors je m'occupe de mes petits-enfants en l'attendant. Vers 16 h 30, je vais chercher ma petite-fille Maï-Lan à l'école. Ensemble, nous jouons à des jeux de société, faisons des parties de cartes, allons nous balader… C'est le bonheur de ma vie. En fin de journée, je rentre chez moi et je prépare le dîner… toujours de la cuisine simple. Un peu plus tard, je m'effondre de fatigue devant la télé allumée. Enfin, je ne la regarde pas, mais c'est comme une berceuse.

La nuit, je dors mal, très mal même. Je dors deux ou trois heures d'affilée, jamais plus, puis je me réveille, me rendors encore une heure, et ainsi de suite jusqu'à l'aube. De temps en temps, je prends un somnifère. J'en ai essayé plusieurs, de ces marchands de sable en comprimés. En ce moment, je suce l'une de ces petites gommes à la mélatonine. Même si mon sommeil n'est plus naturel, ce n'est pas grave, ça me fait du bien. Ça m'accompagne. Mais même quand j'arrive à dormir, je ne me repose pas pour autant. Dès que j'ai les yeux fermés, mon cerveau turbine, mon esprit s'agite. À intervalles réguliers, des cauchemars viennent me réveiller. Dans mes rêves, je suis perdue. Complètement perdue. Ou bien j'ai perdu quelque chose : mes clés, ma voiture, mon sac à main… Au réveil, je suis paumée, je ne sais plus où je suis, il n'y a rien à faire. Je peux me réveiller plus épuisée encore que la veille. Les gens qui dorment bien ne connaissent pas leur chance.

Pour moi, 70 ans, c'est le début de la fin. Je sens bien que je vieillis. Parfois, je perds le fil de mes pensées, j'oublie ce que je disais, je cherche un mot. Je me fatigue plus vite qu'avant, je n'ai plus la même énergie. Pour mon changement de dizaine, j'avais été claire : pas de fête. Mais mon fils a insisté, alors on a fait un repas chez lui, avec les petits-enfants, les cadeaux, le gâteau… un anniversaire tout ce qu'il y a de plus normal. Ce n'est peut-être pas plus mal… En ce qui me concerne, je serais bien restée bloquée à 69 ans. Le cap du 70, c'est quelque chose, ce n'est pas facile à accepter. En plus, mon père est décédé à 72 ans – cancer du poumon ; mon grand-père est mort à 72 ans – cancer du poumon. Il y a quatre ans, je suis moi-même passée sur le billard pour des problèmes pulmonaires. Alors je me dis que le moment venu, je connaîtrai sans doute le même sort. C'est une évidence : mon existence est désormais derrière moi. Difficile de ne pas y penser.

Souvent, c'est le passé qui me convoque. Il remonte à la surface sans crier gare. Il se niche un peu partout, dans les recoins de mon esprit, dans les détails du quotidien. Il surgit quand une chanson de Serge Reggiani passe à la radio : « La femme qui est dans mon lit n'a plus vingt ans depuis longtemps. » Jean-Charles chantait : « La femme qui est dans mon lit n'a plus vingt ans depuis peu de temps. » Ses visites prennent des chemins étranges. Un exemple : je joue à un jeu de société du genre Trivial Pursuit. Dans la catégorie fait divers, une question tombe : « Quel célèbre gangster s'évada du Palais de justice de Paris le 8 juillet 1975 avec l'aide de sa femme Martine ? » Un autre exemple : un jour, je vais voir mon amie Odile qui tient un magasin de céramique. Elle anime un atelier auquel participent plusieurs femmes. Ces braves dames font de la poterie en écoutant de la musique relaxante. Je les regarde et j'envie leur patience. La céramique, c'est pas trop mon truc.

Soudain, une pensée me traverse : « En revanche, tu me donnes un flingue et un fusil, ça, je sais faire. »

Le passé est en moi, littéralement. Par à-coups, une douleur m'élance dans la cuisse, comme un déchirement, une brûlure ou une décharge électrique. Ce sont des éclats de balle qui me prennent tout le corps de temps en temps. Lors de ma deuxième arrestation, les policiers m'ont tiré dessus. Le plomb s'est logé sous ma peau. Comme j'étais enceinte, les médecins n'ont pas voulu m'anesthésier. Ils ont réussi à m'enlever un éclat dans le pied, un autre dans le bas du dos, mais pour la cuisse, ils n'ont rien pu faire et les ont laissés en se disant que ce ne serait pas gênant. Ce sont trois miettes de rien du tout, inscrites dans ma chair pour toujours. Aujourd'hui, je peux passer des mois sans les sentir. Parfois, la douleur me prend, comme un éclair qui traverse le temps, ou cette griffure inscrite pour toujours dans le plafond du Palais de justice.

Longtemps, j'ai tout enfoui au plus profond de moi-même. Récemment, je suis allée voir une médium, une thérapeute spécialisée dans le reiki, une technique de thérapie ésotérique, dans le but d'arrêter la cigarette. Une vieille addiction. D'aussi loin que je puisse me souvenir, j'ai toujours été une grosse fumeuse – à une époque, je fumais trois paquets de cigarettes par jour. Bref, quand je suis arrivée chez la médium, elle m'a arrêtée net : « On va travailler la cigarette, mais je vois beaucoup d'autres choses. »

Puis, sans que je lui dise rien de ma vie, elle m'a parlé de l'enfermement, elle m'a parlé de la prison. Elle m'a aussi dit qu'un homme était présent pendant la séance : c'était Jean-Charles. Il était là, il ne voyait pas pourquoi je parlais de lui au passé, il ne comprenait pas qu'il était mort depuis des années, il continuait de tourner. Pour lui, j'étais toujours sa femme. Elle m'a dit qu'on pouvait l'aider à partir en paix. Je précise que pour tout ce qui touche à la spiritualité, le paranormal, la vie dans l'au-delà, je suis plutôt du genre sceptique, terre à terre. Mais là, je dois bien admettre que ça m'a soufflée. Je vais sûrement retourner la voir. En attendant, j'ai réduit la cigarette… Je sais que je ne vais pas bien. Je crois qu'on ne peut pas aller très bien après avoir vécu tout ce que j'ai vécu. Ma vie est pleine de blessures et de fantômes, c'est comme ça. J'accepte ma situation telle qu'elle est, comme une fatalité.

Seulement voilà, on n'échappe pas au passé, on ne s'en débarrasse jamais et même si on le met sous le tapis, il finit toujours par ressortir. Et un jour, il vient carrément vous chercher. En personne. Le passé cherche votre nom dans l'annuaire, passe des coups de fil à tous vos homonymes de la région, appelle votre fils à son travail, lui demande s'il est bien votre fils et finit par se manifester sous la forme d'un numéro inconnu sur votre téléphone. Ça fait bizarre.

Cette fois, le passé a pris l'apparence de deux journalistes. Ils veulent me rencontrer, ils veulent venir me voir. J'hésite, puis je finis par leur donner rendez-vous dans un restaurant d'Ardentes. J'arrive, fébrile. J'appréhende. Ils sont déjà là, ils m'expliquent : ils réalisent un documentaire sur la brigade antigang et le banditisme des années 1970. Le contact passe bien, ils ont l'air sincères, ils me demandent si je veux bien leur raconter les choses telles que je les ai vécues. Alors pour la première fois depuis des décennies, j'ouvre la boîte à souvenirs. Après tout, il y a tant de choses que je n'ai jamais dites.

Maintenant, le passé revient avec toute une équipe de tournage. Pendant trois jours pleins, je raconte. Des techniciens déroulent des câbles, installent des projecteurs et débarquent avec de grosses caméras dans mon salon. Je leur dis tout. Les hauts et les bas, les joies et les douleurs, les moments les plus flamboyants et les abîmes les plus profonds. Quelques mois plus tard, un des deux journalistes me consacrera un long article dans *L'Obs*. Un magazine local,

La Bouinotte, en publiera un autre. Maintenant, mon passé m'interpelle dans la rue et sur Facebook.

L'été dernier, un homme à vélo me fixe et s'arrête en face de moi :

– C'est notre vedette qui est là aujourd'hui.

– Pardon ? On se connaît ?

– Non, mais c'est bien vous, Martine ?

Sur les réseaux sociaux, des messages d'inconnus m'arrivent par dizaines : « Chapeau pour ce que tu as fait ! » Ça fait drôle. Disons que j'ai du mal à croire qu'on puisse s'identifier à ce que j'ai vécu... En quelques mois, ça a tout réveillé. Plus le passé affleure, plus je prends conscience d'une chose : je n'ai jamais eu voix au chapitre. Dans la presse des années 1970, les journalistes me présentaient parfois comme une jeune naïve aveuglée par son amour pour un truand de légende. Ils déroulaient ma vie en la parsemant de détails complètement inventés. Ils parlaient de nous comme de deux bêtes sauvages, froides et sanguinaires. Rien n'était vrai et leurs élucubrations ont blessé mes proches. Dans le milieu, les truands me surnommaient « la femme aux couilles », un surnom que j'ai toujours trouvé vulgaire, déplacé, comme s'ils me réduisaient à une version inférieure d'eux-mêmes. Ils disaient aussi qu'un homme aurait été incapable de faire ce que j'ai fait. Bien. Alors pourquoi me coller cette étiquette de femme sous testostérone ? Dans son livre, Jean-Charles se donnait le beau rôle, se présentant comme le héros de son propre roman d'aventures. À le lire, je n'étais qu'une variable d'ajustement dans son désir de liberté, je n'existais pas, ou peu. Limite, j'étais une victime. Mais non. Ce n'est pas comme cela que les choses se sont passées. Cette vie de criminelle, je l'ai choisie. Au moment de monter au braquage, j'étais là, arme au poing, et je peux vous dire que je n'avais peur de rien. Ensemble, nous avons mené une vie de Bonnie and Clyde qui nous a menés au bord du précipice. Cette existence de criminelle, je l'ai laissée loin derrière moi, j'ai choisi de la quitter aussi.

Toute ma vie, j'ai supporté le regard des autres. D'aussi loin que je me souvienne, j'ai toujours été jugée. À tort et à travers. J'ai tout entendu. J'ai été accusée de tout et de n'importe quoi, j'ai même été accusée d'avoir tué un homme. Et puis quoi encore ? La rumeur, c'est comme un poison. Les gens ne savent rien de la vie des autres, mais se permettent de juger. Par jalousie, mesquinerie ou étroitesse d'esprit. Voilà, ils jugent la vie des autres, plaquent leurs fantasmes sur votre parcours, tout ça pour se rassurer sur leurs choix et se dire qu'ils ont eu raison de se plier aux règles, de ne jamais sortir des sentiers battus et de mener une vie rangée. Peut-être qu'ils ne l'aiment pas, cette vie, alors ils se mêlent de celle des autres. Facile. Trop facile. Moi, je ne me suis jamais permis de juger : pour ça, il y a les magistrats. Ce que font les autres ne me regarde pas. J'aimerais que les gens jugent moins, mais je sais bien que c'est un vœu un peu ridicule, qui ne se réalisera jamais, car les gens jugeront toujours – c'est peut-être dans la nature humaine. Et pourtant, « juger autrui, c'est se juger soi », écrit André Malraux.

Les gens comme nous sont parfois considérés comme « malsains », simplement parce que nous vivons en dehors des clous. Au final, je préfère avoir fait ce que j'ai fait, pour le meilleur et pour le pire, et ne pas passer mon temps à juger mon voisin. En moi, je porte toujours une colère sourde, une forme de haine envers cette société qui m'a maltraitée et considérée comme un pestiféré. Même si elle s'atténue avec le temps, elle est toujours là, prête à sortir, et je crois bien qu'elle me suivra jusqu'à mes derniers jours. J'ai toujours essayé d'échapper aux carcans, aux cases dans lesquelles la société veut nous enfermer dès notre naissance. Mais le regard des autres n'a cessé de me poursuivre – peut-être l'une des épreuves les plus dures à supporter. Je me pose donc cette question : la société finit-elle toujours par faire de nous ce qu'elle voulait que nous soyons dès le départ ?

Pour tenter d'y répondre, il me faut raconter cette vie d'adrénaline, cette vie de femme dans un monde d'hommes, cette vie intense et désespérée. C'est maintenant ou jamais. Plusieurs fois, j'ai songé à écrire mon histoire, mais je n'y suis jamais arrivée, comme si le moment n'était jamais le bon. Je n'étais pas prête. Puis, le passé est venu me voir, il a réveillé quelque chose en moi. Aujourd'hui, je veux dire ma vérité au grand jour – le temps m'est compté. Je veux revivre cette vie, étape par étape. Il y a tant de choses que j'ai gardées pour moi, par protection, par orgueil ou résignation. Tant de choses que j'ai tues. Tant de vécu jamais formulé, de souvenirs volatilisés et de possibilités parties en fumée. Avant de quitter cette terre, je veux mettre les points sur les *i*, régler la note et dissiper les derniers malentendus. En finir avec le qu'en-dira-t-on, les rumeurs et les fantasmes. Dire les choses avec mes mots, c'est me réapproprier mon histoire. S'il y a bien une chose à savoir à mon sujet, c'est que j'ai toujours choisi ma vie, avec la liberté comme seule ligne de conduite.

Avant d'aller plus loin, autant le confesser. Non, je ne suis pas fière de ce que j'ai fait et je n'en tire aucune gloire. Braquer un pauvre type désarmé, tenir sa vie au bout d'un canon et l'obliger à faire ce qu'on veut de lui… il n'y a pas de quoi se vanter. Pendant des années, j'ai souffert, j'ai encaissé, j'ai supporté ma propre souffrance, sans jamais penser un seul instant à tout ce que ma famille a pu subir. Ma mère a vieilli à cause de moi. À l'usine, plus personne n'adressait la parole à mon père. À l'école, ma petite sœur était pointée du doigt. Mes frères, artisan et commerçant, sont devenus des parias, comme tout le reste de ma famille. Il m'a fallu du temps pour réaliser le mal que j'ai fait à mes proches, même involontairement. S'il faut couper court à tout malentendu, autant le faire dès maintenant. Ici, pas de récit palpitant de mon passé, pas de célébration de mes exploits de braqueuse, aucun cliché. Quand on a fait souffrir ceux qu'on aime, on ne la ramène pas.

Mais si je n'en suis pas fière, je ne le regrette pas non plus. En fait, je ne regrette rien. Même pas les années de prison. C'était le prix à payer : j'ai fait des erreurs et j'en ai assumé les conséquences. Sans cesse, j'oscille entre ces deux états : la fierté et la honte. Pour le meilleur et pour le pire. Quand j'ai embrassé le banditisme, c'était ma décision. Le jour où j'ai dit « stop », c'était fini. Pour le reste, ce qui est arrivé est arrivé, je ne peux pas refaire le passé. Évidemment, ce livre n'est pas un appel au crime, je n'encourage personne à faire ce que j'ai fait ou à vivre ce que j'ai vécu. Est-ce vraiment nécessaire de l'écrire ? Tout ce qui suit appartient de toute façon à un monde depuis longtemps englouti. La vie telle que celle que j'ai menée n'est plus possible…

En couchant les mots sur le papier, j'essaie de relier les points pour comprendre. À quoi tient une existence ? Ai-je fait les bons choix ? Pouvais-je changer ? Au fond, toutes ces questions me ramènent à une seule : quel est le prix de la liberté ? Ce livre est une manière d'explorer cette zone floue entre l'orgueil et les regrets, entre la joie la plus exaltante et la tristesse la plus noire, entre la liberté intense et l'enfermement total. Il est surtout une manière de demander pardon à mes proches pour tout le mal que je leur ai infligé inconsciemment. J'espère qu'il leur permettra de comprendre ce qui a conduit une fille comme moi à basculer dans un monde parallèle pour mener une existence déchaînée. Car oui, je le crois du plus profond de mon âme : j'ai été une femme libre. Alors, pour la dernière fois, je renoue avec l'urgence comme avec une vieille copine, elle ne m'a jamais tout à fait quittée. En moi, ça bouillonne toujours, ce n'est pas aujourd'hui que cela va se calmer. Avant de partir, je voudrais me libérer à mon tour. Ce livre, c'est mon ultime évasion.

3.

C'est une histoire comme une grande boucle : elle commence là où elle se termine. Dans le Berry, un « nulle part » au cœur de la France, loin de la mer, loin des montagnes, loin de tout. À Ardentes, un patelin traversé par les eaux de l'Indre. Du village de mon enfance, il ne reste plus grand-chose : un clocher du XVe siècle, des terres agricoles qui s'étendent à perte de vue et une vieille gare en pierre qui n'est plus qu'une bâtisse en ruine : il y a longtemps que la micheline ne passe plus par ici. Aujourd'hui, c'est une ville-dortoir faite de pavillons bas et pâles avec des jardins un peu étriqués et des toits de tuile ou d'ardoise. En soi, c'est un endroit parfait pour qui rêve d'une existence sans surprises ni bifurcations. Dans les rues, il m'arrive de croiser des amies d'enfance qui ont traversé le temps sans bouger et je me demande à quoi aurait ressemblé ma vie si j'étais restée ici. Sans cesse, ce paysage brun et gris me ramène à tout ce que j'ai voulu fuir…

Au risque de m'attirer les foudres des habitants, je vais le dire sans détour : je n'aime pas cet endroit et ne l'ai jamais aimé. La chaleur étouffante pendant l'été, le froid qui brûle les mains pendant l'hiver, le sentiment d'isolement chevillé au corps, le qu'en-dira-t-on comme bruit de fond permanent, l'horizon plat à vous en donner la nausée, l'ennui comme seul mode d'existence… très peu pour moi. Les décennies ont passé et j'ai pourtant fini par revenir. Pour moi, retrouver cet endroit, c'était être auprès de ma famille, comme renouer avec ma nature profonde. À croire qu'on finit toujours par trouver le chemin qui mène vers chez soi. Cinq décennies me séparent maintenant du moment où j'ai quitté Ardentes. Alors parfois, je me demande ce qui peut bien pousser une jeune femme à quitter le lieu où elle est née, celui où elle a grandi, le seul endroit qu'elle ait jamais connu. Au fond, à quoi se joue donc une vie ? La mienne aurait pu être tout à fait simple. Mais une force intérieure me poussait vers l'inconnu, comme un appel d'air. Une jeunesse peu romanesque aspire-t-elle nécessairement à un avenir plus intense ?

Reprenons depuis le début. Ou même avant, tiens. De l'histoire de ma famille, je sais peu de chose.

Chez nous, on parlait peu du passé. Le silence se transmet d'une génération à l'autre... Mes aïeux étaient des gens simples, modestes, sans histoires. Mes grand-mères étaient nées en 1906, mes grands-pères en 1902. Mon grand-père paternel avait des origines basques et espagnoles, mais il a passé sa jeunesse à Paris. Une fois en âge de travailler, il s'est fait embaucher à l'usine Debard, une fonderie, où mon père a travaillé à sa suite. Ma grand-mère avait un emploi dans un grand hôtel, c'était une très bonne cuisinière. Quand une usine s'est ouverte à Châteauroux, ils ont quitté la capitale pour s'installer à la campagne. C'est là que mon père a rencontré ma mère. Du côté maternel, mon grand-père était polonais et ma grand-mère d'origine anglaise. La famille s'appelait Robert – l'un de ces patronymes-prénoms marqués du sceau de l'Assistance publique. Les Robert étaient des gens simples, ils travaillaient comme fermiers dans la région. À 15 ans, ma mère est tombée enceinte. Sa propre mère l'a placée dans un « centre de filles mères » : une fille mère, cela faisait mauvais genre. Son père ne l'a pas supporté, alors il est allé la chercher... Quand mes parents se sont rencontrés, mon père venait d'arriver dans la région. Sans hésiter, il a reconnu le fils de ma mère, mon grand frère.

Je suis née en 1953, trois ans après sa venue au monde. De mes premières années, je garde des souvenirs flous et angoissés. Bébé, je suis atteinte d'un genre de leucémie : mes globules blancs détruisent tous mes globules rouges. D'ailleurs, les médecins de Châteauroux sont formels : on ne peut rien faire, mes jours sont comptés. De docteur en docteur, on me transfère dans un hôpital à Paris. De mes 2 ans à mes 5 ans, j'y passe beaucoup de temps. Pour me soigner, on me fait boire de grands verres remplis de sang de cheval. Des potions, comme on dit à l'époque. Par chance, je finis par m'en sortir. Voilà pour mes premiers pas teintés d'inquiétude. Peut-être que cette entrée empêchée a fait naître en moi un certain détachement, ou un désir de vivre pleinement, qui sait ?

Une fois soignée par les potions, je mène une enfance normale. Tout ce qu'il y a de plus normal. La famille vit à quatre dans une petite maison où il faut bien se serrer. Ma grand-mère nous tricote des pulls, on récupère aussi les vêtements des cousins. Pour jouer, on fabrique des poupées avec des épis de maïs. Pour les balades, j'ai un Solex. Mon père a une Peugeot Traction, puis une DS. La télévision arrive tard à la maison et c'est un événement. Deux chaînes, une pièce de théâtre le mercredi soir – nous n'avions pas école le jeudi – et *Bonne nuit les petits* avant d'aller au lit. À la naissance de mon petit frère, on emménage dans un appartement un peu plus grand que la maison. Puis, après la naissance de ma sœur, mes parents font construire une maison, avec des champs partout autour. Un rêve simple d'accès à la propriété. Des aspirations modestes. On ne roule pas sur l'or, mais on ne manque de rien et on se contente de peu.

Le plus beau cadeau que nous font nos parents, ce sont les vacances. Tous les étés, c'est l'évasion : ils nous emmènent à la mer. On monte à bord de la Peugeot Traction et on prend le large. Direction la Bretagne, le Languedoc-Roussillon (au Cap d'Agde), l'île de Ré ou l'île d'Oléron. On fait le tour de la France et on campe. Quand mes parents achètent une caravane, mes frères et moi préférons dormir dans la tente, même les soirs où il pleut des cordes. La pluie tombe sur la toile comme une douche. Frisson léger et facile. D'un été à l'autre, j'apprends à nager. Dans l'eau, je me sens bien, j'ai l'impression d'être dans mon élément. La liberté, le plaisir de sentir tout son corps qui prend sa place, l'immense bonheur d'être seule au monde. Première rencontre avec l'évasion…

Le reste de l'année, les semaines sont rythmées par l'école, la couture et le rituel du déjeuner du dimanche chez les grands-parents. Chaque semaine, un festin nous attend. Trois ou quatre entrées, deux ou trois plats de viande, des desserts comme s'il en pleuvait… Il y en a toujours trop, on ne peut jamais tout manger. C'est que la peur de manquer plane sur notre famille comme une ombre. Pendant la guerre, mon grand-père et mon père ont fait un peu de résistance. La nuit, ils sortaient pour aller chercher des pommes de terre dans les champs afin de subvenir aux besoins des leurs. Des conserves s'entassent dans des placards à provisions : sait-on jamais… Dans ma famille, c'est très important de bien manger. De manière générale, on parle peu. Pas de conversation politique à table, on évite parce que cela met tout le monde en colère. Pour le reste, on ne parle jamais du passé.

À la maison, l'éducation est stricte. Des règles dessinent un cadre rigide, sévère et austère. On ne met pas les coudes sur la table, on ne quitte pas le dîner tant que les adultes n'en ont pas donné la permission, on ne parle pas trop… Quand les parents nous disent de faire quelque chose, il faut le faire. Point barre. Les marques d'affection sont rares. Pas de câlins, pas de bisous. On garde ses sentiments pour soi. Encore aujourd'hui, certains mots m'écorchent quand je dois les prononcer et j'ai du mal avec les démonstrations de tendresse. Par exemple, ce n'est pas facile pour moi de dire à mes enfants que je les aime. Ce que je n'ai pas reçu, j'ai du mal à le donner. Pour dire à quelqu'un que je l'aime, il faudra que j'attende de rencontrer Jean-Charles.

Quand je regarde les photos de mon enfance, un détail me frappe : je ne souris pas. Mon visage est fermé, comme verrouillé à double tour ; je parle peu et ne saurais expliquer pourquoi. Parfois, j'ai l'impression d'être le vilain petit canard de la famille. Mes frères et ma sœur sont blonds, mes cheveux bruns tendent vers le noir. Eux sont doux. Moi, je suis sèche, rigide. Sans me le formuler, je dois déjà sentir que cette vie ne me convient pas. Une chose est sûre : mon tempérament vient des Cabanes. « Elle a un caractère de chien, ai-je souvent entendu dans ma famille. Normal, c'est une Cabanes. » Impulsive, spontanée et rebelle. Pour revenir à l'origine de mon nom, on peut faire une rapide recherche sur Internet. Il est d'origine espagnole : « Cabanès », issu du latin *capanna*, « cabane » ; je dois dire que je me retrouve plutôt bien dans l'idée d'avoir des ancêtres marginaux vivant dans une cabane…

Au fond du jardin de notre première maison, il y a un petit bâtiment abandonné : ma maison de poupée. En tout cas, c'est comme cela que je l'appelle, même si je ne joue pas à la poupée. J'y passe des après-midi entiers à m'inventer des histoires sans jamais faire attention au soleil qui tombe sur la campagne. En fin de journée, mes parents doivent souvent me rappeler à l'ordre et me dire de rentrer. C'est un lieu à moi, un peu à l'écart, un peu en dehors du cadre, comme une échappatoire. Un cadre trop rigide peut-il structurer un certain rapport à l'évasion ?

Dès mon plus jeune âge, j'aime emprunter des petits chemins de traverse, des détours ou des raccourcis. Avec mon grand frère, il m'arrive d'aller chez le voisin pour piquer des cerises. Pas non plus de quoi crier « au voleur ! ». Le vendredi, j'ai cours de couture à l'école, alors le jeudi, je m'organise pour dormir chez ma grand-mère couturière pour qu'elle fasse mes devoirs à ma place. Un jour, ma mère m'habille avec une robe affreuse.

— Tu iras à l'école comme ça, insiste-t-elle.

— Non.

— Si, tu iras à l'école comme ça.

— Non.

— Tu cesses de discuter.

Très bien, c'est ce qu'on va voir. Le matin, je quitte la maison. En route, je m'arrête sous un préau et je ne vais pas à l'école. J'attends que la journée passe. Pour une histoire de robe qui ne me convient pas, je fais le mur. Quand mes parents l'apprennent, je suis punie, interdit d'aller jouer. Peu importe, il était hors de question que je me montre en classe avec cette horreur.

Une graine de rébellion germe en moi. À l'école, c'est la guerre avec une institutrice. Disons qu'on n'est pas copines. Elle me fait la misère uniquement parce que je suis gauchère. À l'époque, c'est mal vu. Les gauchers ne doivent pas exister, ce n'est pas normal, je ne suis pas comme tout le monde. Pour me faire rentrer dans le rang, elle me force à mettre mon bras gauche dans le dos. Instinctivement, j'ai le réflexe de me servir de la gauche pour écrire. La voilà qui m'enferme dans un cagibi. Elle veut la guerre ? Très bien. En représailles, je vole les stylos, les crayons, les cahiers… tout ce qui se trouve dans la pièce. Tu m'as punie ? Je ne vais pas me laisser faire. Plus elle s'acharne, plus je résiste. Aujourd'hui, j'écris de la main droite, mais au fond de moi, je suis restée gauchère.

Pour autant, je n'ai rien d'un cancre, bien au contraire : je suis une élève studieuse, sérieuse et appliquée. J'ai même des facilités : je suis toujours première ou deuxième aux évaluations. Très forte en maths, pas mauvaise en français non plus, plutôt douée pour tout le reste. Plus tard, je me verrais bien ingénieure ou mathématicienne. Des rêves d'enfant. Malgré mes bons résultats, il n'est pas question de m'envoyer faire des études – il n'en sera jamais question. Financièrement, mes parents ne pourraient pas l'assumer. Et puis, les études, ce n'est pas pour les filles. Pour moi, il n'y a que trois options : la cuisine, la couture ou le secrétariat. C'est la troisième que je choisis – comme on s'engage dans une impasse –, après avoir obtenu mon certificat d'études. Je sens bien que rester enfermée dans un bureau toute la journée, ça ne peut pas me convenir. Pour moi, la vie a lieu dehors. Quand je n'ai pas cours, je pars faire la tournée des marchés pour le compte de la charcuterie d'Ardentes. La fille du boucher et moi, on embarque dans le camion et on fait le tour de la région pour vendre des tranches de jambon. Ça me plaît bien. Déjà, j'aime prendre la route, brasser de l'argent et m'évader.

Dès mon plus jeune âge, je sens qu'on veut me mettre dans une case, m'assigner un rôle et limiter mon désir de liberté. Mes parents s'attachent à me donner l'éducation la plus stéréotypée que peut recevoir une fille à mon époque. Mes grand-mères m'apprennent à faire la couture, la cuisine, les gâteaux, la blanquette de veau ou le jambon braisé au porto… Mais cela m'ennuie profondément. Je n'ai pas envie d'apprendre ces gestes, ces habitudes, ces attitudes transmises de mère en fille, de génération en génération. J'aspire à quelque chose de plus grand. Mes frères, eux, ne sont pas éduqués de la même façon. Or je grandis avec eux. Mon grand frère joue au foot pour l'équipe d'Ardentes, je suis donc tout le temps fourrée dans les stades. Un milieu on ne peut plus masculin… cela doit déteindre sur moi. Au lycée, un professeur de sport forme une équipe mixte, à ma grande joie : je fonce dans le tas et les autres n'osent pas me tacler parce que je suis une fille. Personne ne veut m'arrêter ? Tant pis pour eux, je ne vais quand même pas le faire à leur place. Bref, j'aime la compagnie des garçons. Avec eux, on cause sport, voitures, bateaux, cinéma… ça fait des discussions un peu plus intéressantes qu'avec les filles, qui ne parlent que cuisine et chiffons. J'ai plus de copains que de copines. Je dois être un peu garçon manqué. Peut-être aurais-je préféré naître homme. Une chose est sûre : dès mon plus jeune âge, je ne me projette pas dans un univers féminin.

À l'adolescence, je commence à m'épanouir. À 16 ans, je suis brune, la seule brune de ma famille, mais je veux me teindre en blonde. Ma mère refuse. Elle : non, non, non. Moi : si, si, si. Un jour, je décide d'aller au salon de coiffure pour me faire couper les cheveux très court, friser comme un mouton et teindre en blonde. Ah ! je l'ai regretté… Peu importe, c'était une forme d'émancipation.

Un été, on passe nos vacances à la montagne, dans le Massif central. Comme il n'y a pas la mer, je me trouve d'autres occupations, je traîne avec mon grand frère et des garçons plus âgés, ils ont 18 ans environ.

Là, je rencontre mon premier copain, un jeune homme qui vient d'une école de voile à Cherbourg, qui me parle de la mer, de bateaux, d'aventure, bref de tout ce que j'aime. On passe de longues soirées ensemble et mes parents doivent toujours venir me chercher. Je m'affirme, intense, impulsive et spontanée. Je vis au jour le jour sans me poser de questions. Maintenant, mon frère aîné m'emmène danser aux bals. Il n'y a pas grand-chose d'autre à faire le samedi soir. Doucement, j'apprends l'art de cerner les garçons. Il faut dire que je suis coquette, j'aime me maquiller et m'habiller. Intérieurement, je ne me sens pas particulièrement féminine. À l'extérieur, c'est une autre histoire. J'aime plaire et séduire. Autour de moi, ça papillonne. Les petits copains s'enchaînent, ce sont des amourettes qui ne durent jamais, aussi intenses qu'éphémères. Cela me va très bien.

Plus je me libère, plus le regard des autres se fait lourd. Au moindre pas hors des sentiers battus, on me juge. Il faut croire que les gens n'ont que ça à faire. Mais plus je les sens me juger, plus je cherche à les choquer. Je traîne dans les bars, je parle fort, je fume cigarette sur cigarette, je ne m'excuse pas d'être là, je prends ma place… Bref, je fais ce que je veux. Le soir, je dis à ma sœur de mentir aux parents, je vais chercher une amie qui passe par la fenêtre de sa chambre et on prend la 4L pour aller danser. Dans les bars de Châteauroux, je fréquente les chanteurs, les guitaristes et des copains parisiens qui viennent en vacances dans leurs familles de la région. Un soir, je me retrouve à prendre un verre avec tout l'orchestre de Julien Clerc. Je dérange ? Tant mieux. Les autres peuvent dire ce qu'ils veulent, je les emmerde.

Le temps avance et mes amies se rangent, elles « tombent » les unes après les autres. Ma copine Chantal finit par rencontrer un garçon d'ici, elle se marie très jeune. Toutes mes copines se mettent avec des garçons du coin. Moi, je me l'interdis. Il faut qu'ils viennent d'un peu plus loin. Comme si mon destin m'appelait ailleurs.

À 17 ans, pourtant, je manque de tomber dans un piège. À cette époque, je vis entre le lycée et un garage où je m'occupe des pièces détachées dans un grand bureau avec un fauteuil à roulettes. À l'atelier, je rencontre un homme. Il est plus âgé. Il m'aime bien et moi aussi. Je commence à le fréquenter, même s'il est marié. Un jour, je tombe enceinte. C'est la catastrophe. L'impression que ma vie pourrait s'arrêter. Comment faire ? Non, c'est impossible, je ne veux pas de cet enfant qui me condamne à rentrer dans le rang pour mener une vie sérieuse et rangée. En France, l'avortement est clandestin, l'heure est encore à l'enfer du cintre et des aiguilles à tricoter. Alors vers qui se tourner dans un tel moment de désarroi ? D'une voix fébrile, j'en parle à ma grand-mère, ma confidente. Elle m'écoute et me rassure. Ma mère est mise au courant. Pour la première fois, les femmes de ma famille se soudent et font bloc autour de moi. Ma grand-mère organise mon voyage en Angleterre pour que je m'y fasse avorter. Pour moi qui n'ai jamais quitté la France, c'est une plongée dans l'inconnu, je suis terrorisée. Il faut partir loin, il faut prendre le bateau, il faut que je porte un foulard d'une certaine couleur, il faut que je tienne un magazine dans mes mains pour qu'on me reconnaisse à mon arrivée. Mon départ se prépare en secret. Ça y est, tout est prêt. La veille, mon angoisse est insupportable. Dans la nuit, je fais une fausse couche. Cette fois, je m'en suis bien sortie, mais c'est comme si un étau s'était resserré sur moi. Quoi qu'il en soit, je me serais fait avorter. À mes risques et périls. Des événements qui agitent le monde, je sais finalement peu de chose. Le féminisme des années 1970, le Mouvement de libération des femmes, Simone Veil, le combat pour l'IVG, la lutte pour l'égalité des sexes, j'observe tout ça de loin. De très loin même. Disons que je n'ai pas attendu qu'on me libère. Très vite, j'ai su que personne ne viendrait briser mes chaînes, que je devrais prendre les choses en main.

Un an plus tard, une autre rencontre va tout bousculer, précipiter les événements et pousser mon désir de liberté à l'incandescence. Quand je ne suis pas en train d'apprendre le métier de secrétaire au lycée professionnel de Châteauroux, je me mets à travailler dans une entreprise de maçonnerie. Au milieu des hommes, là encore. Tous les soirs, un grand brun aux yeux verts passe à l'atelier. Il s'appelle Christian, il habite un peu plus haut dans la rue. Très beau garçon, calme, posé et réfléchi. Comme moi, il aime l'informatique, cette nouvelle discipline. On passe des soirées entières à discuter, on va au bal, on danse. Je l'aime bien, je ressens une attirance mais il ne se passe jamais rien.

Le voilà qui se présente un jour à l'atelier avec la mine des mauvais jours. Cette fois, c'est sur lui que le piège s'est refermé. Il a mis une fille enceinte. Maintenant, ses parents l'obligent à l'épouser, il n'a pas le choix Le mariage a lieu un samedi après-midi, vers 15 heures. Une heure avant la cérémonie, nous sommes tous les deux dans un bar, il n'est pas prêt, même pas habillé. Il semble repousser le plus loin possible le moment décisif, comme un condamné à mort qui attend de passer à l'échafaud. Pauvre vieux.

— Tu te rends compte, je vais me marier, répète-t-il.

— C'est la vie !

Il s'apprête aussi à quitter la région pour toujours. Au cœur de l'après-midi, nous partageons ses derniers instants d'insouciance. Quand vient l'heure pour lui de convoler, nous nous disons au revoir tendrement. Ensuite, nous avons correspondu quelque temps. Il me donnait des conseils en informatique. Je ne l'ai jamais revu. De nos sentiments l'un pour l'autre, nous ne nous sommes rien dit. Pour la petite histoire, il a épousé une Martine.

Ce fut une grande déception. La première désillusion. Avant, mes histoires n'avaient rien de sérieux. Là, c'est différent. Après cet amour mort-né, j'essaie de reprendre ma vie comme si de rien n'était. Mais soudain, le travail, les bals, les sorties… je ne peux plus. Tout me paraît morne. Le train-train quotidien me devient insupportable. À l'horizon, tout est sinistre. J'ai l'impression d'être arrivée au bout de quelque chose. Devenir secrétaire, épouser un garçon d'ici, faire la cuisine, le ménage… ce n'est pas possible. J'étouffe. Alors ça va être ça, ma vie ? Si je reste, je vais mourir. Dans ma tête commence à germer l'envie de fuir cette région, cette monotonie et cette vie toute tracée.

Au carrefour de ma jeunesse, c'est décidé : je dois partir, question de survie. Les mois suivants, tout s'accélère. À mes 18 ans, je m'émancipe et quitte le cocon familial, mes parents n'ont plus leur mot à dire. Un an plus tard, l'appel du départ est trop fort. Sur mon temps libre, j'épluche les petites annonces dans le journal. Hop, mon doigt tombe sur un boulot de serveuse dans un bar-tabac à Paris, c'est ma chance. Je téléphone. Un rendez-vous est fixé. Ma grand-mère accepte de m'accompagner pour passer l'entretien. Travail ingrat, payé au minimum, horaires difficiles. Peu importe, j'accepterais n'importe quoi pour ne plus être ici. À peine de retour dans le Berry, je prépare ma valise et repars aussitôt m'installer seule dans la capitale. À la gare, je dis au revoir à mes proches et je monte dans le train. La grisaille froide défile par la fenêtre. L'esprit léger, le cœur battant un peu plus vite, je m'en vais sans regarder en arrière. Pour moi, c'est un aller simple pour une vie d'aventures. À 19 ans, je ne le sais pas encore, mais ce trajet n'est que le début d'un long voyage qui me permettra de devenir enfin qui je suis.

4.

Quand j'arrive seule sur le parvis de la gare d'Austerlitz, j'ai l'impression de sauter des deux pieds dans l'inconnu. La grande ville m'accueille dans un vacarme mécanique, le vrombissement des moteurs, le boucan des Klaxon et le cri strident des métros qui jamais ne s'arrêtent. Le soleil fait de son mieux pour percer la nappe de fumée qui recouvre le ciel. Partout, les voix, les sons et les odeurs se mélangent. Les époques aussi. Les immeubles haussmanniens comme figés là depuis un siècle semblent imperméables au passage du temps. On démolit des bâtiments pour reconstruire encore plus haut. Des curieux se penchent vers le trou des Halles en chantier comme on regarde dans une boule de cristal pour lire l'avenir. Dans la grande ville, les humains sont comme des oiseaux de passage. Je voulais que ça bouge ? Me voilà servie. À 19 ans, je ne suis pas du genre à me laisser intimider. D'un pas déterminé, je me fonds dans la foule impersonnelle des passants pressés. Le mouvement est perpétuel, tous les possibles s'offrent à moi et le champ des rencontres me semble infini… Renvoyé à sa solitude, chacun se cherche une place. Il me reste encore à trouver la mienne, il y a de quoi être saisie d'un grand vertige.

Les premiers temps, je prends mes marques et j'accorde mon souffle à celui de Paris. Je m'adapte à cette vie plus rapide, plus forte et qui ne s'arrête jamais. Le bar où je travaille se situe rue Gay-Lussac, dans le quartier Saint-Michel. C'est vivant, c'est jeune. Mais il ne suffit pas d'avoir décroché un boulot de serveuse : il faut apprendre le métier, retenir le nom des boissons, garder en tête les préférences des habitués, se montrer aimable en toutes circonstances. On ne devient pas serveuse du jour au lendemain, en un claquement de doigts. Au début, je ne suis pas très à l'aise, mais je m'adapte. En tout cas, ça me change de mon emploi de bureau sans âme. Au bar défilent des banquiers empruntés, des professeurs d'université bien apprêtés, des étudiants de la Sorbonne un peu débraillés. Le midi, ils viennent avaler un croque-monsieur à la va-vite avant de retourner à leurs occupations. Pendant ma coupure, de 15 heures à 17 heures, j'aime aller manger un sandwich dans le jardin du Luxembourg. Je m'assois sur une chaise et j'observe la parade de vie qui ne m'ennuie jamais. Les amoureux sur les bancs, les enfants qui font voguer des petits bateaux sur le bassin, les âmes solitaires et pensives, les petits vieux qui ont traversé le temps. Un jour, surprise, je croise une connaissance de Châteauroux.

— Mais qu'est-ce que tu fais ici ? me lance-t-il.

Et je lui réponds, avec un grand sourire satisfait :

— Ben ça y est, je vis à Paris !

Le dire est une joie, comme si je peinais moi-même à le croire.

Ma journée se termine à une heure du matin, mais la vie ne s'arrête pas après la fermeture du rideau. J'habite dans une chambre de bonne non loin du jardin du Luxembourg. Au sommet d'un vieil immeuble, j'ai cinq ou six voisins serrés comme moi dans des cages à lapins. Pour la plupart, ce sont des étudiants libanais, ravis d'avoir une fille pour voisine. Pendant une bonne partie de la nuit, on joue aux cartes dans une ambiance bon enfant. On rigole jusqu'à 3 ou 4 heures du matin. Quand j'y repense, j'étais la seule fille de la bande, mais ils ont toujours été corrects avec moi. Quoi qu'il en soit, je me fais des amis facilement. L'anonymat de la ville me plaît. Ici, pas de jugement. C'est la liberté, c'est l'indépendance, tout ce que je voulais.

En l'an 1973, l'avenir est pourtant incertain, l'heure est encore à la guerre froide, les Trente

Glorieuses touchent à leur fin, le premier choc pétrolier fait entrer le monde dans la crise, personne ne sait si cela s'arrêtera un jour. Tous les jours, des hommes et des femmes mènent leurs vies organisées selon des petites règles simples et ordinaires, sans se poser de questions. Du café coule dans des tasses froides, des briquets allument des cigarettes, des cendres virevoltent dans les airs. Dans les métros, des messieurs-tout-le-monde s'entassent pour se rendre dans une tour de bureaux avec un attaché-case et un air sérieux. Pendant ce temps, des femmes restent à la maison, tapent sur des machines à écrire et se résignent à des vies sans joie ni surprise. Quand je les regarde, je me demande souvent : comment font-ils ? Je veux dire : comment fonctionnent-ils ? Sont-ils satisfaits ou bien font-ils tous semblant ? Ont-ils des secrets, des désirs inavouables, des rêves irréalisables ? Combien voudraient tout plaquer pour mener une autre vie – une vie plus intense, plus risquée, plus sulfureuse ?

Trois semaines après mon arrivée, un homme entre dans le bar où je travaille. Un visage sévère, une tignasse noire, hirsute et désinvolte, un grain de folie dans ses yeux verts un peu tombants, mais vifs comme la braise. Bel homme, très élégant. En un mot, il en impose. Tout de suite, je le remarque. Lui aussi. À la seconde où il passe la porte du bar, il se passe quelque chose entre nous. Avec une certaine prestance, il se présente face à moi, plante son regard dans le mien, me commande un Vittel-menthe. Un silence, puis :

— Ça vous dirait d'aller boire un verre après votre service ?

Ouh là ! Je ne sais pas. Derrière le comptoir, je me méfie, je ne suis pas une simplette. Des bonshommes comme lui qui veulent draguer la serveuse, j'en vois quinze par jour. Le métier vous apprend à rester distante, à ne pas trop sourire. En plus, je le trouve un peu louche. Et il a une bonne dizaine d'années de plus que moi. J'hésite, je ne sais pas trop quoi répondre…

— Euh… je ne sais pas !

L'un de ses amis déboule :

— Mais oui venez, lance-t-il. De toute manière, je serai aussi là avec ma femme !

Je dois dire que cela me rassure. Par réflexe, je souris.

— Alors c'est oui ou non ?

— C'est oui.

— Je vous dis à ce soir ?

— À ce soir.

Après mon service, nous prenons donc un premier verre dans le quartier. Il me raconte qu'il vient de Nevers, où ses parents tiennent un bar. Il travaille dans l'import-export. Dans le cuir, précise-t-il. D'ailleurs, il voyage beaucoup. Au fil de ce premier rendez-vous, mes défenses tombent. Il est drôle, doux, gentil. En lui, j'ai l'impression de voir un reflet de moi-même. Sec, autoritaire, avec un petit côté rebelle. Et il a un charme fou. Quand il me raccompagne en bas de mon immeuble, j'ai déjà envie de le revoir.

Le lendemain, il se présente de nouveau au bar où je travaille. Le soir même, il m'attend pour un deuxième verre. Le surlendemain, même chose, et on passe la soirée chez ses amis. Désormais, il m'attend tous les soirs à la fin de mon service. Il m'invite à dîner dans une brasserie huppée du côté de Bastille. On y partage une choucroute. Les rendez-vous s'enchaînent ainsi, de plus en plus naturels, spontanés et complices. Suit notre première nuit ensemble… D'une rencontre à l'autre, un amour naît comme une évidence.

Au bout de quelques jours où nous sommes ainsi restés collés l'un à l'autre, il lance une idée sans crier gare, formulée de la manière la plus naturelle qui soit :

— Tu veux pas quitter ton travail ?

— Mais enfin, je ne peux pas quitter mon boulot comme ça !

— Si, si, répond-il. Et tes patrons ne vont pas avoir à discuter.

Bon. Après tout, l'argent n'est jamais un problème, alors pourquoi pas ? Si les choses tournent mal, je trouverai un boulot de serveuse ailleurs, ce n'est pas ce qui manque à Paris. Je démissionne. Dès lors, on ne se quitte plus. À ses côtés, je me sens plus forte. La vie est facile. Il respire la confiance, la tranquillité, la spontanéité. Tous les jours, on mange aux meilleures tables, le midi comme le soir. Les cadeaux pleuvent. Des bagues en or, de belles fringues de marque. Sans que je m'en rende vraiment compte, tant il le fait naturellement, il me donne accès à un train de vie dont je n'aurais même pas osé rêver, si loin du monde dans lequel j'ai grandi. Très vite, je le présente à ma famille. Nous nous rendons chez mes parents avec la Ford Mustang de Jean-Charles. Quand tu démarres, t'es collée au siège comme à bord d'un avion en phase de décollage.

Tout se passe à merveille. Il se montre affable, évoque ses voyages, son travail dans l'import-export, sans trop en faire non plus. Les week-ends, on retourne les voir comme un couple promis au plus radieux des avenirs. Pour mes parents, c'est simple, c'est le gendre idéal.

Aujourd'hui, j'ai du mal à expliquer comment c'est possible, comment j'ai fait pour ne rien voir et sous quel sortilège je devais être pour ne me rendre compte de rien… C'est vrai, il parlait peu de lui-même, se montrait évasif sur son passé, éludait des détails sur ses activités. Il dormait à l'hôtel, ne travaillait jamais, ne semblait pas voyager autant qu'il le prétendait. Dans le tableau qu'il me présentait, quelque chose ne collait pas. Est-ce que je me voilais la face ? De son côté, était-il en train de gagner du temps, en sachant pertinemment que je finirais par apprendre la vérité ? Je ne posais pas de questions. Je ne lui ai jamais demandé son nom de famille. C'est comme ça. Je n'aime pas trop creuser dans le passé des gens, on ne sait jamais quels secrets ils portent avec eux. S'ils ont envie de dire des choses, je les écoute ; sinon, ils se taisent et je ne les questionne pas. Au fond, dans une ville où les solitudes se rencontrent, que sait-on vraiment des êtres qui entrent dans nos vies ?

Son masque tombe au petit matin. Avant les premières lueurs de l'aube, je suis éveillée dans ses bras. Le soleil n'est pas encore levé. Dans mon réveil encore un peu embrumé, je cherche une position pour me rendormir ou écouler les heures jusqu'au lever du jour et passe ma main sous son oreiller. Là, je sens le contact d'un objet froid, lourd et métallique. Bizarre. Je repasse ma main dessus, saisis l'objet et me demande si je suis en train de rêver.

Je le tire de sous l'oreiller et trouve ce que j'avais déjà deviné. Un revolver. Je secoue Jean-Charles. Dans ma main, je tiens le calibre.

– C'est quoi ça ?

D'abord, il reste stoïque. Il ne sait pas quoi me dire, je le vois bien. Ses paupières tombantes s'ouvrent grand et donnent à son visage un air ahuri que je lui découvre soudain.

– Jean-Charles, qu'est-ce que c'est ? répété-je, comme si j'allais soudain le réveiller.

– Promis, je vais tout t'expliquer.

– T'as plutôt intérêt !

Une grande inspiration.

– Je ne suis pas dans l'import-export.

– Sans blague…

– Je t'ai menti, je suis coiffeur de métier, j'ai une femme et un fils que j'ai abandonnés. En ce moment, je vis de vols. J'ai été arrêté, emprisonné, mais j'ai réussi à me faire transférer à l'hôpital et je me suis évadé.

Ainsi donc, l'homme que j'aime n'est pas celui que je crois. Maintenant, il va tout me raconter par le menu. Quant à moi, je ne suis qu'au début de mes surprises. En proie à un nouveau vertige.

DEUXIÈME PARTIE

5.

Autant le dire sans fausse pudeur : si vous souhaitez lire ici l'histoire de Jean-Charles, passez votre chemin. Quiconque s'intéresse à son passé peut se procurer sa biographie, faire des recherches, regarder de vieilles émissions de télé disponibles en ligne. Toute sa vie, Jean-Charles s'est raconté comme le héros de son propre roman d'aventures. À la sortie de son autobiographie, *Tout ça pour être libre*, j'ai été déçue, parfois même en colère. Déjà, son livre est trop long. Je me suis arrêtée plusieurs fois parce qu'il m'ennuyait, c'est dire… Surtout, dans sa manière de raconter son histoire, je n'existe pas. Pourtant, j'ai tout fait pour lui, j'ai risqué ma vie pour lui. Pas parce qu'il me l'a imposé, non (vous avez déjà dû comprendre que je ne suis pas quelqu'un à qui l'on impose quoi que ce soit). Mais parce que j'étais d'accord, parce que j'étais amoureuse, parce que je voulais son bien. À le lire, pourtant, j'ai l'impression que je disais *amen* à tout, que j'étais sous ses ordres, sa soubrette. Après ce qu'on a vécu ensemble, c'est gonflé. C'était intense, on était unis, liés, on faisait tout à deux. Dans son livre, il m'a mise au second plan. Alors ne comptez pas sur moi pour lui donner le premier rôle. Pour se la raconter, il n'avait pas besoin de moi. Pour raconter ma vie, je n'ai pas besoin de lui.

Alors c'est parti pour un résumé express de la vie de Jean-Charles. Il est né en août 1944, à Dompierre-sur-Besbre, dans un patelin d'Auvergne où il n'y a pas beaucoup plus à faire qu'à Ardentes. Un père conducteur de train pour la SNCF et une mère tenancière d'une petite épicerie-buvette, trop occupés à joindre les deux bouts pour s'occuper de lui. Plus il grandit, plus il rêve de s'enfuir sur une Mobylette… Son CEP en poche, il trouve un boulot dans un salon de coiffure. Après un service militaire rythmé par les fugues et les fausses permissions, il ouvre son propre salon. En tant que coiffeur, il n'est pas mauvais et finira même quatorzième du championnat de France. Sur son temps libre, il aime fouiner les antiquités. Alors il se met à visiter des châteaux de la région. Pas dans des intentions malhonnêtes, au début, mais juste pour rencontrer les propriétaires et leur demander s'ils n'auraient pas deux ou trois vieilleries dont lui pourrait tirer un bon prix. Un jour, il pénètre par effraction dans le château Saint-Louis, à Saint-Hilaire-de-Gondilly, dans le Cher : il escalade le toit, s'engouffre à l'intérieur et embarque des antiquités. La semaine suivante, il y retourne. Une fois, deux fois, trois fois. Dans chaque château de la région – et il y en a –, il trouve une caverne d'Ali Baba. C'est comme ça qu'il bascule dans la délinquance. La police finit toujours par le rattraper. Il va en prison. Une fois, deux fois, trois fois. À sa sortie, il croit pouvoir mener une vie normale avec sa femme et son fils. Mais rien n'y fait. La normalité et lui ne sont pas faits pour s'entendre.

Pris au piège de ses dettes et de ses mensonges, il abandonne sa famille. Il n'a plus rien à perdre, il a déjà tout perdu. Direction l'Espagne, puis le Portugal, puis Porto Rico, Saint-Domingue, la Barbade et Trinidad... Au Venezuela, il se remet à la coiffure. Un jour, il coupe les cheveux d'un général qui lui propose de faire une démonstration à la télé. Le voilà en direct avec sa paire de ciseaux. Puis il prend un petit avion pour la Martinique. Mauvaise idée. Quand il entre dans la maison d'un ami, une voix retentit : « Police ! » À peine de retour en prison, il pense à s'évader. Son plan : se faire envoyer à l'infirmerie. Il brise une ampoule et se coupe une veine avec un éclat de verre. Une fois, deux fois, trois fois. Les parquets de métropole le convoquent. À la maison d'arrêt de Nevers, il persiste. Il refuse de manger, prétexte des problèmes d'estomac, joue la comédie, s'entaille le bras de nouveau. Un psychiatre l'envoie à l'hôpital de La Charité-sur-Loire. Le voilà fou : mission accomplie. Un soir, pendant que les vrais malades regardent la télévision, il s'évade en passant par un vasistas situé au-dessus d'une rampe d'incendie. Hop ! il disparaît dans la nuit, s'engouffre dans le premier autorail, descend au terminus, court le long de la voie ferrée, se planque dans la remorque d'un camion garé sur le parking d'un restaurant routier. Le chauffeur roule vers Paris, le fugitif saute à la porte de Pantin. À 5 heures du matin, il frappe chez des amis. Bien arrivé. Dans le quartier, il fait la connaissance d'un coupeur de tissu, un dénommé Jacky. Un jour, Jacky va chercher sa copine Pierrette. Elle travaille comme serveuse dans un bar-tabac du quartier Saint-Michel. Jean-Charles l'accompagne. Il pousse la porte du café. Son regard croise le mien.

Trois semaines après, imaginez un peu la scène. Moi, à peine 20 ans, debout dans la chambre d'hôtel, avec un calibre dans la main. Lui, bientôt 30 ans, en train de tomber le masque. Pendant trente minutes, il raconte. Son enfance, l'armée, la coiffure, les premiers cambriolages, la famille abandonnée, la prison, l'évasion… Il ne dit pas tout, mais je comprends l'essentiel. Pour résumer, l'homme que j'aime n'est pas celui que je crois, mais un bandit en cavale. Au fond de moi, je lui en veux de m'avoir caché la vérité, je ne sais plus si je peux lui faire confiance, je me dis qu'il aurait dû m'en parler depuis le début. En même temps, j'essaie de me mettre à sa place. Pas facile. Tu rencontres quelqu'un : « Enchanté, je suis truand ! » Pour aborder une jeune femme, on a fait plus romantique. Imaginez le tracé de nos itinéraires, les chemins qui nous ont menés jusqu'ici à cet instant précis, tous les détours qu'il a fallu pour que nos deux chemins se rencontrent. Le hasard, le destin, un coup du sort… appelez cela comme vous voulez.

Imaginez maintenant le vertige quand, après m'avoir révélé la vérité, Jean-Charles me laisse à la croisée des chemins :

– À toi de décider, dit-il.

– C'est-à-dire ?

– Tu peux partir ou bien rester.

Pour lui, c'est trop tard. Son cas est désespéré. Il a basculé de l'autre côté, dans un monde sombre, sauvage et désespéré, un endroit dont on ne revient pas en un claquement de doigts. Imaginez alors les forces qui s'entrechoquent en moi – celle de mes sentiments envers lui ; celle qui m'attire vers un univers qui n'est pas le mien ; et celle qui me pousse à fuir la normalité à tout prix – pour que je réponde ceci :

— Je reste.

Deux mots qui sortent de ma bouche comme un vieux réflexe, instinctif, sans l'ombre d'une hésitation. Dans ma tête, c'est un choix évident, clair et limpide. Le futur n'existe pas, les conséquences sont une notion abstraite. Je vis au jour le jour. J'aime cet homme, donc je veux être à ses côtés, c'est tout. Je ne vois rien de mal à cela. Aimer un homme, ce n'est quand même pas un crime, si ?

Après cette mise au point, notre vie reprend comme si de rien n'était. Sauf que maintenant, je sais tout, je suis passée avec lui de l'autre côté. Soudain, les choses me paraissent évidentes. Les épaisses liasses de billets, la valse des chambres d'hôtel, les tables de restaurant… À mes yeux, savoir ne change rien. Qu'il soit un voleur, ce n'est pas mon problème. Pas pour le moment, en tout cas. Je l'accepte comme il est. Encore une fois, je ne le juge pas, car je ne juge jamais les autres. Pour me choquer, il en faut plus. Vous l'avez compris, je ne suis pas non plus du genre à m'offusquer.

Pendant l'été, nous allons chez mes parents. Ils ne se doutent de rien. Nous fêtons mon vingtième anniversaire et la communion de ma sœur en famille. Au mois d'août, nous partons tous ensemble en vacances en Espagne. C'est Jean-Charles qui régale et invite tout le monde : mes parents, ma sœur, un ami. Il faut dire qu'il passe très bien. Pour lui, c'est un peu une planque. Premier arrêt à Alicante où nous prenons une petite location du genre cage à lapins.

— On ne reste pas là, tranche Jean-Charles qui veut le meilleur pour sa belle-famille.

— Ah bon ?

— Non, direction le sud de l'Espagne.

Tout au sud même, plus loin que Marbella. Là, nous nous installons dans une petite maison nichée entre la mer et les montagnes, chez des connaissances de Jean-Charles. Ils nous laissent une partie de la maison, cuisinent des paellas, des poulpes séchés, des méchouis... Le matin, nous partons faire des randonnées à dos de mules. L'après-midi, nous nous baignons dans la mer sous le soleil brûlant. Le soir venu, nous retournons à la plage pour écouter l'un de nos hôtes qui joue de la guitare. Des vacances de rêve. Ou peut-être la dernière parenthèse de joie pure. Il est clair que je ne mesure pas encore à quoi m'a engagée ma décision de « rester » auprès de Jean-Charles. Mais je ne vais pas tarder à le découvrir.

À notre retour, mon grand-père paternel tombe malade. C'est bientôt la fin et il le sait. Mais il rêve d'assister à mon mariage avant de partir :

— Ah ! je ne serai pas là pour te marier, ma petite-fille.

— Mais si, tu seras toujours là, il ne faut pas dire ça.

Chaque fois que je le vois, les larmes me montent aux yeux. Je voudrais exaucer son souhait et lui offrir un dernier moment de bonheur. J'en parle à Jean-Charles. En plus d'être recherché par la police, il est toujours marié, c'est compliqué. Impossible de nous unir devant un maire, ou bien il faudrait se marier sous une fausse identité, mais alors à quoi bon ? Le temps pour Jean-Charles de divorcer, mon grand-père ne sera plus là. Alors on essaie toutes les combines, mais difficile de convaincre le curé de nous rendre ce service. Jean-Charles demande à ma mère d'intervenir auprès de lui. En vain : il refuse, il comprend le problème, mais pas question de signer un pacte avec le diable. Jean-Charles va le voir lui-même. Finalement, l'homme d'Église accepte en échange d'une bonne enveloppe. Comme quoi, tout a un prix.

Il ne reste plus qu'à organiser les festivités. Les préparatifs avancent, quand un coup de téléphone vient stopper net notre élan : un ami a été arrêté. Interrogé par la police, il n'a pas su tenir sa langue. Nous voici obligés de prendre la fuite. Pour expliquer aux parents la raison de notre départ précipité,

Jean-Charles invente une question de fraude fiscale et de problème à régler. Il va falloir aller se planquer, au moins pour quelque temps. Le mariage attendra.

« Rester », c'est renoncer à la sécurité. C'est être sur la brèche en permanence. Tu es bien quelque part, tu profites du silence, d'un café ou d'un paysage… et brusquement, il faut mettre les voiles. Tu commandes un plat au restaurant et tu dois décamper avant que le serveur arrive. Tout peut basculer d'une seconde à l'autre, tu n'as plus le choix. Le calme n'est plus qu'une parenthèse, les moments de paix sont rares, ce qui les rend d'autant plus précieux. La tranquillité disparaît peu à peu de ta vie, elle te quitte doucement. Pour l'heure, cela me va très bien. La tranquillité, vous l'avez compris, c'est justement ce que je fuis. Sur ce plan-là, je ne vais pas être déçue du voyage.

« Rester », c'est aussi entrer dans un autre monde. Cette vie sans lendemain t'ouvre les portes d'un univers parallèle, qu'on appelle encore « le milieu ». C'est une société à côté de la société, avec son langage, ses codes et ses règles. Ici, on parle l'argot ; on se serre les coudes entre marginaux ; on ne balance jamais son prochain ; on aime le luxe, les bijoux et les manteaux de fourrure ; on se prend pour Jean Gabin, Lino Ventura ou Bernard Blier… Tout ce petit monde de trafiquants, de voleurs et de prostituées se retrouve dans des bars très discrets. Là, les plus taiseux jouent aux dés ou aux cartes avec les gros bonnets à la gouaille tranquille. À l'arrière, toujours une porte de sortie, au cas où une descente viendrait gâcher la soirée. Ce sont des rades bien à part, des endroits assez confidentiels. Pas clandestins, mais on n'y entre pas par hasard. D'ailleurs, si un quidam poussait la porte sans savoir où il mettait les pieds, tout le monde s'arrêtait de parler pour le fusiller du regard. Silence total. Plus un bruit, plus un mot, plus rien. Œillade revolver. L'air de dire : « Passe ton chemin, étranger, ne viens pas nous chercher des crosses… » L'autre ne se le faisait pas dire deux fois et repartait comme il était venu.

Chacun a son petit surnom. Tiens, accoudé au zinc, voici Michel Ardouin, dit « Porte-avions », l'un des derniers parrains du milieu marseillais. Ah ! et un peu plus loin, François Besse, dit « le petit Besse » ou « le roi de l'évasion » – bientôt sept au compteur ! L'un de nos amis, dont le père est douanier à la frontière espagnole, doit peser 120 kilos, alors on l'appelle « Quinze Grammes ». Nous, c'est « Bonnie and Clyde ».

Évidemment, c'est un monde sous testostérone. Les femmes n'existent pas. Pour moi, c'est différent, je suis avec Jean-Charles. Dans le milieu, je suis la seule femme acceptée. Enfin, acceptée… tolérée, tout au plus. Lors des conversations à table, les hommes esquissent leurs futurs projets, évoquent les prochains braquages, font des affaires à leur manière. Le virilisme comme bruit de fond permanent. Moi, je ne dis pas un mot, je ne me mêle pas de leurs affaires, même si j'ai mon avis. Ce n'est pas que je n'aie rien à dire, loin de là, mais pour que je prenne la parole, il faut que je sois vraiment à l'aise. En l'occurrence, il vaut mieux que je me taise, que j'écoute ces messieurs parler et que je reste à ma place…

Pas question non plus de me mêler aux femmes qui gravitent autour d'eux. La plupart sont des prostituées, on ne les invite certainement pas à s'asseoir à la table des hommes ; elles sont mises à l'écart et traitées comme des êtres inférieurs. Dans leur regard, je sens une certaine jalousie. Leur hostilité me met mal à l'aise. Pourtant, je les respecte vraiment. La plupart d'entre elles font ce qu'elles font parce qu'elles ne peuvent pas faire autrement. Encore une fois, je ne porte pas de jugement, je sais simplement que je serais incapable d'un tel sacrifice, souvent motivé par un passé compliqué, un instinct de survie, des bouches à nourrir…

Voilà donc mon inconfortable place dans le milieu : pour les hommes, je reste une femme ; pour les femmes, j'ai mon siège à la table des hommes. À l'aise un peu partout, mais jamais vraiment à ma place.

« Rester », enfin, ce n'est pas seulement être une spectatrice, une touriste dans le paysage. Une fois qu'on a pris conscience du danger, on ne peut pas rester les bras croisés. Rester, c'est basculer du côté de Jean-Charles, aller plus loin et commencer à jouer avec le feu.

La première fois, c'est une bijouterie dans un quartier huppé de Paris. Pour cette mission, ma tâche est simple : faire le guet dans la voiture, ne pas perdre mon calme, être concentrée, en alerte, tout en contrôle. S'il se passe quoi que ce soit d'imprévu, j'écraserai le Klaxon, je ferai vrombir le moteur, j'attendrai les autres et appuierai sur le champignon pour décoller en quatrième vitesse. Si les choses tournent mal, il faudra semer la police dans les rues de la capitale. Je suis plutôt une bonne conductrice, mais j'appréhende…

Le soir venu, j'emmène notre équipée sauvage en face de la bijouterie. Dans le véhicule, nous sommes quatre : Jean-Charles, deux associés et moi. Je gare la voiture. Les trois hommes descendent. Ils avancent vers le magasin comme des ombres dans la nuit. Un silence tendu suivi d'un fracas strident. Le bruit du verre qui tombe en cascade par terre. Avec un pied-de-biche, Jean-Charles vient de fracturer la vitrine. Maintenant, ils se faufilent à l'intérieur. Dans des sacs, ils embarquent tout ce qui leur passe sous la main, la joaillerie, les foulards de marque, les accessoires de luxe. Une minute max. Au pas de course, ils s'échappent du magasin, montent en voiture et je mets les gaz. Un peu plus tard dans la nuit, nous retrouvons d'autres associés dans une chambre d'hôtel pour refourguer la marchandise. Et voilà le travail. C'est tout ? Oui, c'est tout. À aucun moment, nous n'avons été inquiétés. Un jeu d'enfant, l'adrénaline en plus.

Première chose à savoir sur l'adrénaline : une fois qu'on y a goûté, on a envie d'y retourner. Alors j'y retourne. Plusieurs fois, je fais le chauffeur et me retrouve comme un pilote de course sur la ligne de départ. Pour une course-poursuite, il faut savoir conduire, c'est une évidence ; mais en vérité, c'est l'instinct de survie qui prend le volant à ta place.

Maintenant, Jean-Charles m'emmène en forêt pour m'apprendre à manier les armes. Tout un cirque. D'abord, je fais mes gammes : toujours enlever la sécurité, charger, décharger, ne jamais pointer le canon vers le visage, prendre en compte le recul, surtout quand on pèse 45 kilos, comme moi. La première fois que je me sers d'un fusil à pompe, boum, je tombe sur le cul. J'apprends à faire la différence entre un revolver et un pistolet. Avec de fausses identités, nous nous rendons dans un centre de tir où des policiers s'entraînent... J'apprends à aimer les armes, le poids lourd du métal dans ma main, le sentiment de puissance. Si je devais choisir, je dirais que je suis plutôt revolver et pistolet. Mon arme préférée est un petit Colt Cobra de calibre 38 spécial, à six coups, comme Jean Yanne dans *Le Saut de l'ange.* Les petits pistolets pour dames, c'est pas mon genre. Les fusils non plus.

Deuxième chose à savoir sur l'adrénaline : plus on y goûte, plus on en a besoin. Les coups s'enchaînent. Les semaines passent et nous frappons de plus en plus souvent, de plus en plus fort, au gré des commandes. Fourrures, bijoux, vêtements... tout ce qu'on peut refourguer, on le prend. La suite est un engrenage. L'argent, c'est comme l'adrénaline : plus on en a, plus on en veut. De braquage en braquage, on décide de frapper directement à la source, c'est-à-dire les banques. À cette époque, les systèmes d'alarme ont encore du progrès à faire, la vidéosurveillance n'a pas encore envahi tous les coins de rue, les voitures des policiers ne sont pas très puissantes... Quand j'y repense, tout était si simple. C'est à se demander pourquoi nous n'étions pas plus nombreux à faire des casses !

Pour braquer une banque, il faut un peu de préparation. Voici notre méthode. Mieux vaut s'y prendre quand les banques font le plein, à la fin du mois, au moment où les entreprises paient les salaires. Dans un premier temps, il faut repérer un lieu. Pas compliqué, c'est de la logique. S'il y a du passage, on oublie. S'il y a un bar, un cinéma, une épicerie à proximité, on préfère éviter. S'il y a un commissariat pas loin, même pas la peine d'y penser. Plus tard, les bandits s'attaqueront aux fourgons. Pour nous, tout était déjà si facile. Pourquoi diable s'embêter à attaquer un fourgon blindé ?

Prenons une banque du côté de Clichy. Pendant plusieurs jours, on se gare pas loin. On la surveille, on observe le va-et-vient, de jour comme de nuit, on note les heures de fréquentation, le ballet des convoyeurs qui viennent charger et décharger l'argent. Le midi, une pause au restaurant. Le soir, on dîne tranquillement. Au bout de quelques jours, on est en mesure de savoir si le lieu est adapté ou non.

— Tu penses que c'est bon ? demandé-je à Jean-Charles.

— Ça devrait faire l'affaire.

On passe alors à l'étape suivante. Répartition des rôles. Au moment de passer à l'action, chacun a son poste. En général, nous sommes trois ou quatre. Le jour J, on se gare non loin de la banque, on descend de la voiture, on entre. En ce qui me concerne, je suis calme, lucide et concentrée. L'adrénaline fait le travail. Tout doit durer un minimum de temps. Feu.

Notre collègue se présente au comptoir pour demander à faire du liquide ou avoir un renseignement. Dans sa main, il tient la sacoche prévue pour charger les billets.

— Bonjour, je voudrais encaisser un chèque s'il vous plaît.

— Bien sûr monsieur.

Pendant ce temps, Jean-Charles saute par-dessus le comptoir, braque la personne au guichet et ramasse le fric. L'autre lui envoie la sacoche. Sans attendre, ils braquent les employés.

— Vous, là, tous contre le mur !

Un autre se poste devant la porte pour barrer la route à quiconque voudrait prendre la fuite ou appeler des renforts. Arme au poing, je m'occupe de menacer les employés, les clients et les agents de sécurité. D'une voix forte qui ne laisse aucune place au doute, j'annonce la couleur, au cas où il y aurait encore un doute :

— Personne ne bouge, c'est un hold-up !

Le tout dure deux minutes, grand maximum. Encore une fois, tout cela appartient à une époque révolue. Sans sas de sécurité, sans vitre blindée, sans système d'alarme sophistiqué. Rien de solide pour protéger les billets. Les banques sont comme un coffre ouvert. Pour qui a un peu le goût du risque, il n'y a qu'à se servir.

Cela ne veut pas dire que nos plans se déroulent toujours sans accrocs. Parfois, un grain de sable vient enrayer la machine, on ne sait jamais d'où cela va venir. C'est là que les choses peuvent mal tourner. Lors d'un braquage en Belgique, je tiens une mitraillette entre les mains. Je ne sais pas comment je m'arrange, mais je fais feu.

Ratatatata.

Soudain, je me retrouve à tirer en l'air en faisant des tours sur moi-même, les yeux écarquillés, sans savoir comment l'arrêter. Dans la voiture, scène de ménage :

— Putain, je t'avais montré pourtant !

— Je sais pas ce qui s'est passé !

— T'es vraiment pas possible !

— Oh ! ça va !

La frayeur de ma vie : j'aurais bien pu tuer quelqu'un. Pas de quoi faire la maligne.

Une autre fois, une connaissance nous balance. Les flics viennent nous chercher alors que nous sommes à l'hôtel. *In extremis*, on se sauve par la fenêtre et on court à travers champs. En de telles circonstances, rien ne t'arrête, je peux te garantir que tu traces comme une flèche. Peu importent les haies et les ronces. On finit avec des éraflures sur tout le corps. Tant pis, il faut ce qu'il faut pour sauver sa peau. Une autre fois, du côté de Reims, l'un de nos associés se fait arrêter pendant qu'il vole une voiture. Jean-Charles le sent. Quand les choses tournent mal, il a comme un sixième sens. Confirmation, la nouvelle passe à la radio, alors rebelote, on embarque nos affaires et on met les voiles sans plus attendre. Mais où se cacher quand toute une ville est à vos trousses ? Par instinct de survie, tu trouves. Le cerveau cherche aux alentours et redouble parfois d'ingéniosité. D'une fente dans un mur, on fait un passage secret. La moindre ruelle devient une autoroute vers la liberté. En l'occurrence, on trouve refuge dans… un arbre. Oui, un arbre. Après avoir escaladé le tronc, on se cache dans les branches et on passe la nuit là-haut. Des heures et des heures sans boire ni manger. La pluie est battante. On est complètement trempés, frigorifiés. Pas grave, on est ensemble, serrés l'un contre l'autre, comme deux oiseaux maudits, perchés tout en haut de notre arbre, blottis l'un contre l'autre.

— On est bien là, dis-je à Jean-Charles à l'aurore.

— Oui, on est bien.

Dès le lendemain, cap sur un nouvel horizon. Direction la Belgique, l'Allemagne ou les Pays-Bas.

Sans cesse, les hauts et les bas se suivent dans un pas de deux. À sa manière, la vie est belle, entre la douceur et les montées d'adrénaline. Question niveau de vie, on ne se prive jamais de rien, bien au contraire. Avec de faux passeports, on part pour la Martinique, le Brésil, le Mexique. À Acapulco, on retrouve une connaissance de Jean-Charles qui y possède une hacienda. Ce sont des voyages express, jamais plus d'une semaine, et on essaie de ne jamais se faire remarquer. Quand on va en Espagne, par exemple, je passe la frontière en voiture et lui à pied, et on traverse toujours côté basque, où le père de l'un de nos associés travaille comme douanier. L'Espagne, on se la réserve pour les vacances, alors pas de braquages là-bas.

La vie suit nos envies. On achète les plus beaux vêtements. Jean-Charles adore les chaussures Weston et les costumes en alpaga. Quand il aime, il est généreux. Un jour, il m'offre un magnifique ducat, pièce ancienne montée en pendentif. Un autre jour, un sac en crocodile, avec le portefeuille qui va bien. Place Vendôme, on entre dans les boutiques de luxe sans réfléchir. Ted Lapidus, Chanel, Vuitton, Cardin, Dior… je guette le coup de cœur. Ce n'est pas la marque qui m'accroche, mais j'ai toujours été sensible à la confection, à la bonne coupe, au beau tissu, sans doute parce que ma grand-mère était couturière. Tout est rapide, tout est facile. Je ne reste jamais longtemps dans les boutiques. De manière générale, on ne reste jamais bien longtemps au même endroit. Toute une flotte de voitures se succèdent. Quand ils vont chercher le pain, certains laissent leur clé sur le contact : autre époque… Dans les parkings, on fait les câbles et on embarque dans un véhicule qui n'est pas le nôtre. Quand on cambriole des maisons, on s'arrange toujours pour mettre la main sur les clés de l'automobile. Une fois, on embarque une Jaguar. Une autre fois, je me retrouve au volant d'une Rolls. Là encore, cela ne dure pas longtemps. C'est un peu trop voyant. On passe ainsi d'une voiture à l'autre, à la recherche du modèle le plus puissant. Pour prendre la fuite, on n'allait pas voler une 4L !

Le soir, on mange à l'heure qui nous chante aux tables des meilleurs restaurants, où Jean-Charles ne boit que du champagne – le Cristal Roederer a sa préférence. Dans les hôtels les plus chics, on s'invite même aux cocktails en robe du soir. On se mélange aux gens de la haute, on s'invente des vies, même si on ne s'étale pas trop non plus. On vit dans notre bulle à nous deux. Si j'ai faim sur le coup de 2 heures du matin, on va manger. Si on a envie d'aller à l'étranger, on part, et puis voilà, pas de prise de tête. On s'amuse.

Le montant des gains n'a aucune importance. Quand on a de l'argent, on le dépense. Quand on n'en a plus, on retourne en chercher. Un matin, on attaque un bureau de poste. Dans la rue, Jean-Charles croise un mendiant. De sa poche, il sort une liasse de billets et la lui donne – son petit côté Robin des bois. Il est comme ça, Jean-Charles. Main sur le cœur, bon fond, généreux. Parfois trop généreux. Moi, je ne suis pas d'accord, c'est du travail.

— Un billet, je veux bien, mais toute la liasse ?

— C'est pas grave, on y retournera cet après-midi.

Dans la même journée, on attaque deux fois la même banque. C'est aussi simple que cela.

Les mois passent. Toujours sur le qui-vive. Toujours sur la défensive. Toujours en train de faire attention. Quand Jean-Charles a un mauvais pressentiment, il dit juste :

— Ça pue le flic !

Et moi, je comprends :

— On se casse.

Alors on décampe sans dire un mot de plus… Voilà notre étrange *dolce vita*, rythmée par les montées d'adrénaline les plus intenses. Sans cesse, on navigue entre la douceur et la peur que tout prenne fin.

Dans les rues, on fait parfois un drôle de duo. Nos tempéraments bouillonnants se frottent, alors cela fait des étincelles. Jean-Charles fonctionne sur deux modes. Il sait être doux, attentif et gentil. Mais il peut aussi se montrer sec, sévère et autoritaire. Monsieur aime décider. Ça tombe bien, moi aussi. Alors on se chamaille comme deux gamins. Exemple : un jour, je m'allume une cigarette. Hop ! il me la retire de la bouche et l'écrase par terre, il n'aime pas que je fume. Lui ne fume pas, alors je ne devrais pas fumer. Ni une ni deux, j'en sors une autre, il recommence. Cette fois, je sors tout le paquet. Il me l'arrache des mains, le jette par terre et l'écrase. Pas grave, je vais au bureau de tabac et j'en rachète un. Et ainsi de suite jusqu'à ce qu'il lâche l'affaire… Un jeu d'amoureux entre deux personnes aux caractères de chien.

Les policiers recherchent un couple. Je suis désormais une hors-la-loi. Le temps que les choses se calment, direction l'Espagne, à Torremolinos. Un matin, je suis prise de nausées. Je vais consulter un gynécologue, qui m'annonce la nouvelle : je suis enceinte. Mon visage s'illumine. Je suis amoureuse, je suis heureuse, je veux cet enfant. J'annonce la nouvelle à ma famille. Un immense bonheur nous envahit.

Les semaines passent. Un soir, alors que nous dînons au restaurant, une douleur me saisit au ventre. Je me lève pour aller aux toilettes et réalise que je perds du sang. Sans attendre, nous quittons la table, prenons la voiture et nous rendons chez mes parents. Un médecin passe me faire une piqûre. Il me conseille de rester allongée quelque temps. Malgré cela, il faut poursuivre les braquages. Pour vivre, bien sûr, mais aussi pour réaliser notre rêve : aller nous installer en Amérique du Sud. Désormais, Jean-Charles veut que je sois prudente et que je reste à l'appartement. Hors de question. Quand tu sais comment ça se passe, impossible de rester à l'écart. Tu attends, tu attends, tu attends. Tu penses toujours au pire, tu ne vis pas, t'es en apnée, suspendue à la radio. Pas possible. Alors, je préfère être sur place, même si c'est pour rester dans la voiture. Si les choses tournent mal, au moins, je suis là. Ça me donne l'impression d'avoir un peu de contrôle sur les événements. Ce n'est qu'une illusion. Ainsi enchaîne-t-on des bijouteries, des châteaux, des musées…

Quelques jours après notre retour en région parisienne, j'attends sur la banquette arrière de la BMW alors que Jean-Charles et ses partenaires pénètrent dans une tour de bureaux parisienne. J'entends des coups de feu claquer, sans rien comprendre. Les minutes s'étirent et semblent durer une éternité. Les voilà. Je vois Jean-Charles sortir, pistolet Astra 600 à la main. Ils sont paniqués. En quelques mots, il m'explique : touché à la jambe, notre associé Pedro est resté sur place en attendant que les flics débarquent et l'emmènent à l'hôpital. Cette situation n'est pas claire.

— Je t'assure qu'il me braquait comme s'il allait me tirer dessus ! me dit Jean-Charles.

Peu importe, on met la gomme.

Plus tard dans la journée, rebelote, dans un bureau de poste de Montreuil. Encore une fois, je reste dans la voiture. Jean-Charles et Quinze Grammes y retournent. Moi, j'attends. Cette fois-ci, Quinze Grammes prend le volant et on démarre. Après nous être partagé le butin, nous discutons de l'accident de Pedro. Quinze Grammes décharge le revolver du blessé.

— Il y a une cartouche d'enclenchée, dit-il.

— Fais voir !

C'est bien ce que pensait Jean-Charles. Pedro l'avait mis en joue, comme s'il voulait lui tirer dessus.

Le 14 janvier 1974, Jean-Charles et moi avons rendez-vous avec un ancien du milieu, à qui nous voulons refourguer des cuirs et des fourrures. La veille, on a dévalisé un magasin en six ou sept minutes, puis on a chargé le tout dans un camion J7. Cent trente pièces au total. Autant dire qu'un sacré pactole nous attend. Sur le boulevard Victor-Hugo, Jean-Charles s'aperçoit qu'on est bientôt à court de carburant. Pour vérifier si le bouchon est muni d'un antivol, il s'arrête sur le bas-côté. Alors que nous nous apprêtons à fermer les portes arrière, une voiture passe près de nous. La Simca 1100 ralentit, s'arrête. Un homme en civil sort, approche et présente sa plaque.

— Police. Avez-vous les papiers du véhicule ?

La réponse est non, évidemment, mais il va falloir trouver une ruse. Un autre policier sort de la voiture et se dirige vers nous. Moment de flottement. Très bien, les papiers.

— Bien sûr, bien sûr, répond Jean-Charles. Je vous les apporte tout de suite.

Il fait mine de les chercher dans le vide-poches du camion. Je devine le scénario improvisé par Jean-Charles. Pendant que les policiers attendent à l'arrière du camion, il se rend à l'avant et, dans la cabine conducteur, glisse à notre associé :

— Je vais te donner mon calibre et pendant que je discuterai avec eux, toi, tu les surprendras par-derrière pour les braquer. Ensuite, je les désarmerai et nous partirons avec leur 1100.

Jean-Charles sort par la portière de gauche, notre associé par celle de droite. Ils approchent, doucement. Encore un peu, encore un…

— Ne bougez pas ou je tire.

Non !

D'un geste vif, notre associé les braque, mais trop tôt ! Les policiers reculent en direction de leur voiture. Ils sortent du champ de vision de notre associé. Trop tard.

Maintenant, ils ont le temps de dégainer leurs armes et de tirer. Les coups de feu éclatent. Un policier tire en direction de Jean-Charles. Une première fois, puis une deuxième. Jean-Charles a les mains vides, il est sans défense. De nouveau, le flic pointe son arme vers Jean-Charles. C'est comme si le type m'avait complètement effacée, peut-être parce que je suis une femme, mais à ses yeux, je ne suis pas un danger et n'apparais pas sur son radar. En une seconde, je me jette sur son bras armé pour l'empêcher de tirer. Le flic me repousse et se met à pourchasser Jean-Charles, mais mon geste lui a permis de prendre quelques précieuses secondes d'avance. Pendant que notre associé se fait arrêter, je vois Jean-Charles partir loin devant, traverser un chantier de travaux publics, monter sur des toits et disparaître dans la nature…

Quant à moi, il va falloir que je sauve ma peau. Personne ne va le faire à ma place. Je prends la fuite comme je peux, mais, enceinte, je cours moins vite. Dans la panique, je cherche une solution. Notre appartement n'est pas bien loin, j'imagine qu'on arrivera à se retrouver là-bas. Je coupe à travers un chantier, traverse une voie de chemin de fer. Mauvais calcul, les policiers m'attendent de l'autre côté pour me cueillir. Ils m'arrêtent sans peine. Je n'oppose aucune résistance.

Fin de l'aventure. Quelques mois dans ma vie qui ont donné le *la* pour le reste de mon existence. Quand j'y repense, je suis troublée. Pendant cette période, je vivais dans un monde parallèle, où tout semblait plus facile. À l'écart de la société, j'observais les autres en me demandant comment ils pouvaient accepter la loi du métro-boulot-dodo. Il faut croire que les gens ne se posent pas de questions et préfèrent rester dans la norme. Dans les banques, il n'y avait pas de systèmes de sécurité, pas de caméras, pas de tiroirs électroniques comme maintenant. Les banques avaient de l'argent, les salaires étaient payés en chèque ou en espèces. Les policiers n'avaient pas de voitures puissantes. Pour nous, c'était une sorte de jeu. L'adrénaline venait de là : on risquait notre vie, tout en espérant ne pas mourir. C'était la règle.

Que se serait-il passé si j'avais choisi de quitter Jean-Charles après avoir appris la vérité ? Tout aurait pu être différent. Encore une fois, je ne regrette rien. Pas plus aujourd'hui qu'au moment de mon arrestation, quand ma vie s'apprête à basculer dans une autre dimension.

6.

À quoi ressemble un voyage en enfer ? Les flics me plaquent au sol, me passent les menottes et m'embarquent au poste. Je porte un blouson de cuir sur une robe de grossesse, mais quand j'arrive, ils m'enlèvent le manteau et mes bijoux, même ceux qui me viennent de ma famille, sous prétexte qu'ils seraient volés. En plein mois de janvier, je suis jetée dans une cellule froide, crasseuse, assise sur un sol en béton et vêtue d'une simple robe sans manches. Début de l'interrogatoire.

— Tu t'appelles comment ?

— Ben, Labonne, c'est écrit sur ma carte d'identité.

— C'est pas ton nom. Comment tu t'appelles ?

— Labonne.

Au bout de quelques heures d'interrogatoire, ils me disent d'aller dormir. Je m'allonge, ferme les yeux, commence à m'assoupir. Bam, bam, bam. Ils viennent me réveiller en frappant à la porte. Pour manger, ils me proposent un pauvre bout de sandwich et ne me demandent jamais si j'ai soif.

– Je suis enceinte ! leur crié-je.

– Ouais, ouais, c'est ça, t'es enceinte…

Pendant cette chute libre, je pense à Jean-Charles. Pourvu qu'il s'en sorte, pourvu qu'il trouve une solution, pourvu qu'il me sorte de là…

À la fin de la garde à vue, je suis envoyée en détention provisoire à la prison de Fleury-Mérogis, accusée de falsification de papiers, recel, vol et détention d'armes. Un fourgon me conduit aux portes de la plus grande prison d'Europe, une forteresse de béton sortie de terre en vue de fermer la prison de la Santé, surpeuplée et vétuste. Trois mille places, 200 hectares, un dédale de tunnels, satellites et murs d'enceinte.

Achevée six ans plus tôt, la prison est comme neuve. Un modèle du genre, pour l'époque. Les gardiennes me remettent mon paquetage : des draps, une couverture, une brosse à dents, du dentifrice, un rouleau de papier-toilette, deux timbres, une feuille de papier et une enveloppe. Pour le moment, je suis seule dans ma cellule. C'est rudimentaire. Un lit, un paravent pour isoler les toilettes et le lavabo. Pas de barreaux, en revanche, juste une fenêtre à verre épais, un peu comme dans un mobile-home, ou plutôt un sous-marin. La fenêtre s'ouvre à peine et donne sur une cour de promenade. Une radio est incrustée dans le mur, seul lien avec le monde extérieur. Ainsi commence ma nouvelle vie. Une vie d'enfermement. Une vie sans liberté. Surtout, une vie séparée de l'homme que j'aime.

Les journées commencent avec le bruit des clés dans le couloir et le clac sec de l'ouverture de l'œilleton. Le matin, les surveillantes allument la lumière blafarde pour te réveiller sur le coup de 7 heures. Une heure plus tard, le café coule d'une grande cuve. Enfin, du café… c'est un bien grand mot. Du jus de chaussette. T'as intérêt à arriver au début du service pour que le café soit encore chaud. Si t'arrives un peu trop tard, t'auras droit au café froid, avec un peu de pain sec. Pour avoir d'autres choses, il faut cantiner, c'est-à-dire remplir un bon de commande. Une fois par semaine, on peut donc acheter du sucre, du papier à lettres, des timbres, des enveloppes, des cigarettes et du Ricoré. La douche, c'est deux fois par semaine, pas plus. La première fois, évidemment, tu te fais avoir : t'ouvres l'eau et ils la coupent, que t'aies terminé ou pas. Le temps de te déshabiller, de te mouiller, de te savonner… parfois, tu n'as même pas le temps de te rincer. On te fait vite comprendre qu'il va falloir t'adapter.

Le midi, toujours les mêmes déjeuners insipides. Du poisson pané sec comme une trique, des ratatouilles infectes, des épinards sans beurre, de la dinde fadasse – je ne veux même pas savoir comment elle a été cuisinée. Pour les hommes, c'est différent. Plus tard, j'apprendrai que leur nourriture est bien meilleure que la nôtre. Ils peuvent aussi s'acheter de la viande, se fabriquer des petits réchauds avec des boîtes de conserve, se faire cuire des petits plats. Pas de ça chez nous…

Tous les soirs, on nous apporte une petite fiole. Un petit tube de médicaments en verre. Ce qu'il y a à l'intérieur ? Aucune idée. C'est une substance qu'on a écrasée puis mélangée à l'eau. Tous les soirs, il faut boire la petite fiole. C'est pour nous faire dormir. La nuit, ils ne veulent pas de problèmes. Au début, c'est bien, c'est vrai que tu dors mieux, sans trop penser. Mais petit à petit, tu deviens un zombie. Pour avoir la paix, ils anesthésient ton cerveau. C'est comme une camisole chimique. Ils te regardent boire, te font ouvrir la bouche pour vérifier si t'as bien avalé… Avec le temps, j'apprends à tromper leur vigilance et à recracher une partie du liquide. Autour de moi, je vois les filles sombrer. Elles disent *amen* à tout ce qu'on leur demande de faire. Peu à peu, elles se transforment en loques humaines. Elles perdent leur personnalité. En prison, c'est déjà facile de la perdre, tout est fait pour te déshumaniser. On t'enlève tout. Il faut rester sur ses gardes. Je ne veux pas finir comme elles. Non, je veux rester moi-même…

La nuit aussi, on te brise. Les matonnes font des rondes. Chaque fois, elles allument la lumière et font claquer l'œilleton pour vérifier si tu es bien là. C'est comme des petits châtiments, ça fait partie du monde carcéral. Certaines font plus de bruit que d'autres.

Dans ma cellule, je suis seule, ce qui peut sembler fou aujourd'hui étant donné les chiffres de la surpopulation carcérale. Maintenant, les détenus sont quatre dans des cellules prévues pour deux. Remarquez, à l'époque, il n'y a pas beaucoup de femmes. Les autres détenues n'ont rien à voir avec mon profil. Ce sont des voleuses de poules, des femmes qui escroquent les personnes âgées, des mères qui ont tué leurs enfants. Elles ne m'intéressent pas et je n'ai pas d'affinités avec elles. Leurs conversations sont d'un ennui assommant, même pour la prison où on apprend à se contenter de peu. « Bonjour, ça va ? Il fait beau, il ne fait pas beau, il fait froid… » Honnêtement, ça ne vole pas haut. Au risque de paraître prétentieuse, je ne trouve pas mon compte dans ces échanges au ras des pâquerettes, ils ne sont pas de mon niveau. Pendant la promenade, je marche sans parler à personne. De toute manière, je suis précédée d'une certaine réputation. J'ai un pedigree qui n'a rien à voir avec celui des autres détenues. Puis, j'ai mon caractère aussi. Mieux vaut ne pas m'emmerder. Les autres le sentent. Si tu ne me fais pas chier, tout se passera bien. Je peux être adorable, mais dans la seconde qui suit, je me transforme en harpie. Un coup ange, un coup démon.

Un jour, je reconnais un visage familier, celui de Michèle, une connaissance de Châteauroux, une cliente du temps où je travaillais chez le concessionnaire Peugeot. C'était il y a une éternité…

— Mais Michèle, t'es là aussi ?

— Oui, mais en tant que surveillante.

Que de chemin parcouru !

Ma famille vient me voir au parloir. Avant la prison, mes parents étaient sur un petit nuage. Quand ils ont découvert la vérité, ils ont dû tomber de haut, je n'ai pas vu leur réaction. Quelque part, j'ai été épargnée. Je n'ai pas vu leurs visages se décomposer en apprenant ce que je suis devenue, la vérité sur moi-même, Jean-Charles et le pacte qui nous unissait. Je n'ai pas vu ma mère pleurer, mon père vieillir d'un coup et ma sœur prendre sur elle en silence. Quand ils viennent me rendre visite, ils montrent peu la peine qu'ils ressentent. Des années plus tard, ma sœur me confiera comment eux ont vécu la chose : « Nous avons beaucoup souffert. Nous sommes devenus des pestiférés. Tout le monde nous a tourné le dos. Que ce soit à l'école, au travail ou dans la vie active. Il faut l'avoir vécu pour savoir ce que l'on a subi au quotidien. » Évidemment, sur le moment, je dois avoir conscience de la douleur que je leur inflige, mais cela reste abstrait. La question n'occupe pas mon esprit, je traverse la tempête sans penser au mal que je fais autour de moi.

Être en prison, je l'ai dit, cela signifie pour moi être arrachée à l'homme que j'aime, c'est tout. Le reste n'a aucune importance à mes yeux. L'arrestation marque notre première séparation. Avant : nous étions ensemble nuit et jour. Après : plus d'amour, plus d'adrénaline, plus de liberté. Plus rien. Juste quatre murs, une petite fenêtre, une promenade le matin, une autre l'après-midi. Alors j'attends. Je tourne en rond. Je m'inquiète. J'ai peur pour Jean-Charles. Je redoute qu'il ait des aventures à l'extérieur. Je crains qu'il disparaisse à jamais. À ma solitude infinie s'ajoute une inquiétude constante. L'homme dehors, la femme enfermée, pas besoin de vous faire un dessin. En espérant des bonnes nouvelles, je vais devoir prendre mon mal en patience.

Dès les premiers jours, un homme au crâne dégarni et au visage jovial vient me rendre visite au parloir. Il se présente, maître Deodato, avocat.

Il est là pour me défendre. C'est Jean-Charles qui l'envoie. Je l'aime bien, lui. Il dégage une forme de bienveillance, un peu comme un papa. Il gagne ma sympathie. Il est en contact avec ma famille et la rassure autant que possible. Surtout, il s'arrange pour me donner des nouvelles de Jean-Charles, me transmet des petits mots, cela m'aide à tenir. Parfois, il m'apporte même des chocolats. Ses passages me réconfortent ; alors, quand il se fait désirer ou qu'il met du temps à répondre à mon courrier, il m'arrive de l'engueuler – gentiment, mais je l'engueule quand même : « Alors comme ça, on m'oublie ? » lui écris-je. Il finit toujours par revenir. De fait, il fait de son mieux. Des clients comme moi, il en a dans toute la France. Ce qu'on peut être dur avec ceux qui nous donnent tout et demandent peu en retour ! Dans le genre, une femme vient aussi me voir au parloir. Je ne la connais pas. Elle s'appelle Natacha. Sur son temps libre, elle est visiteuse de prisons. Elle donne tout ce qu'elle a. Sa sincérité, sa tendresse et son affection. Moralement, elle m'aide à tenir. Elle m'apporte de bonnes choses à manger, elle s'occupe de transmettre un message, elle rend volontiers service. Elle peut parler de tout et de rien. Quand on est en sa compagnie, on oublie un peu l'univers carcéral. Des gens comme ça, il n'y en a pas beaucoup sur Terre.

Le sort s'acharne. Quelques semaines après mon arrestation, je commence à ressentir des contractions. Je ne peux pas être en train d'accoucher, je ne suis qu'à six mois de grossesse ! Mais la douleur est intense. J'ai beau hurler, personne n'arrive. Je ne peux rien faire. Finalement, je suis transférée à l'hôpital de la prison de Fresnes, où je mets au monde deux bébés. La tête me tourne et je tombe dans les pommes. Quand je me réveille, je suis alitée. Une bonne sœur me raconte ce qui s'est passé. Ils ont récupéré un premier bébé qui avait la peau toute bleue, le deuxième respirait encore, il est mort peu de temps après. Les médecins sont navrés, ils ont fait ce qu'ils ont pu… Je me demande si c'est un cauchemar, à quel moment je vais me réveiller, mais cela n'arrive jamais. C'étaient des jumelles. Je ne les ai jamais vues.

Comme si cela ne suffisait pas, une mauvaise nouvelle m'arrive bientôt par la radio. Le 29 juin 1974, Jean-Charles est arrêté. Les détails viendront plus tard. Ce jour-là, il avait rendez-vous dans un café-restaurant au niveau du rond-point des Champs-Élysées. Là, trois jeunes hommes en blouson se sont dirigés vers lui. Quand Jean-Charles a commencé à prendre la fuite, des coups de feu ont éclaté. C'est bien ce qu'il pensait : les policiers étaient membres de la brigade antigang, la future brigade de recherche et d'intervention, spécialisée dans la lutte contre le grand banditisme. Les policiers lui ont tiré dessus à travers la foule. Une première balle l'a atteint au niveau de la hanche droite. Une deuxième à gauche. Une troisième de nouveau à droite. Une quatrième lui a fait perdre l'équilibre, mais il a continué à courir, jusqu'à ce qu'une cinquième le mette définitivement à terre. Une sixième balle l'a définitivement cloué au sol. Là, alors que Jean-Charles gisait au sol, quasiment mort, l'un des policiers s'est rué vers lui pour lui assener un coup dans la figure avec son arme. Quelques minutes plus tard, une ambulance est arrivée. Dans le véhicule qui l'emmenait aux urgences, une voix lui répétait : « Tu vas crever, Willoquet, dans une demi-heure, tu seras crevé. »

Quand j'apprends la nouvelle depuis la prison, Jean-Charles se trouve entre la vie et la mort. Ce jour-là, dans la cour de promenade, une fille se met à hurler : « Mon mari s'est fait abattre, mon mari, mon mari ! » Elle parle de mon homme. Je ne mets pas longtemps à comprendre : il s'est servi de cette femme pour avoir une planque et peut-être tirer son coup. Moi, je suis en état de choc, je ne sais pas s'il va survivre, je n'ai pas besoin d'entendre ça. Cette femme sait qui je suis. Alors elle va la fermer. Ni une ni deux, je demande à mes copines, la poignée de détenues en qui j'ai un peu confiance, de me suivre. Ensemble, on forme un petit cercle autour d'elle. Elle nous regarde sans comprendre. Là, on la tabasse. Je ne veux rien savoir, je n'ai pas de questions à lui poser, je n'attends aucune réponse. Une fois qu'elle est à terre, je me penche vers elle :

— Si tu vas dire que je t'ai frappée, ce sera pire, donc tu fermes ta gueule et tu dis que t'es tombée, c'est clair ?

C'est clair. Ça s'est arrêté là. Elle ne l'a plus jamais ramenée. Tout ça pour dire que j'ai un caractère un peu… soupe au lait. Faut pas me chercher.

Heureusement, Jean-Charles s'en est tiré. Maintenant que nous sommes tous les deux enfermés, Jean-Charles et moi entamons une correspondance. Enfin, pas tout de suite. D'abord, il faut l'autorisation du juge. Les démarches traînent en longueur. Cela me paraît interminable, mais ce n'est peut-être pas si long que cela. Le courrier tarde à arriver, il faut le temps qu'il passe entre les mains du juge, le personnel de la prison… Du quotidien, nous n'avons pas grand-chose à nous raconter, alors nous nous envoyons des pensées chargées d'amour, de mots tendres qui aident à vivre derrière les barreaux. D'une lettre à l'autre, nous nous dessinons un futur à deux.

En prison, je tiens un journal, dans lequel je consigne les détails de mon quotidien carcéral.

Quand j'obtiendrai ma liberté provisoire, je détruirai toutes mes notes. Il faut savoir que tout ce qu'on écrit est lu par le personnel de la prison. On est censuré, aussi, c'est comme ça. Je ne veux pas que les autres puissent lire mes échanges avec Jean-Charles, connaître le fond de mes pensées, mes états d'âme les plus secrets. C'est le petit espace d'intimité qu'il me reste, je ne veux pas qu'ils y aient accès. Je me dis que ce n'est pas grave : une fois dehors, je réécrirai tout, me dis-je. Je ne le ferai jamais. Aujourd'hui, je le regrette, parce qu'il y a tant de choses qu'on oublie avec le temps et qui permettent de comprendre qui nous sommes.

La vie avance donc, lourde et pesante. Pour tenir, j'apprends des petits trucs. Pour faire des mises en plis, je trouve une solution : je coupe en deux des serviettes hygiéniques, je les roule serré, serré, serré, puis je referme avec des épingles à chignon. Pour atténuer mes racines, je me rince les cheveux au vinaigre. Ou à l'alcool, quand on arrive à en avoir. Ça décape un peu les cheveux. Parfois, je rédige les lettres de détenues qui ne savent pas écrire, je le fais avec plaisir. Elles me disent ce qu'elles veulent écrire et j'arrange les choses à ma manière. En prison, ta misère rencontre d'autres misères et cela a quelque chose de réconfortant.

Tout est bon pour sortir de l'enfermement entre quatre murs. J'enchaîne le sport, les cours, les activités. Je me mets au dessin. Pour passer des diplômes, je m'inscris à des cours. Je suis une formation d'esthéticienne. Comme Fleury est une prison moderne, il y a beaucoup d'ateliers. Un salon de coiffure s'installe dans la prison, alors je vais me faire coiffer. Les cours sont dispensés par les bonnes sœurs. Une Irlandaise nous apprend l'anglais avec des chansons de Leonard Cohen. Une bonne sœur nous enseigne l'espagnol. Elle nous montre des photos de la plage, elle porte un maillot de bain, mais pas de voile, elle est complètement libérée. Comme quoi, il ne faut jamais se faire des idées sur les personnes qu'on rencontre. Une jeune femme professeur de français me donne des cours pour passer un BTS. Des artistes sont de passage. Un jour, la pianiste Marie-Paule Belle donne un concert. Elle nous chante *La Parisienne* et les plus belles chansons de Barbara. Si vous n'avez pas de frissons en imaginant une salle remplie de femmes en train de fredonner « Dis, quand reviendras-tu », alors je ne peux rien pour vous.

Toutes ces visites sont des ouvertures sur le monde, les seuls contacts avec la vie « dehors ». De l'extérieur, on ne sait rien. La radio parle sans qu'on l'écoute vraiment. Pour m'occuper, je lis en permanence. Tout et n'importe quoi. À la bibliothèque, les choix sont limités, alors je prends le premier livre qui me passe sous la main, peu importe, il faut que je lise. Du moins, il faut que je m'occupe l'esprit. Lire, cela permet de ne pas penser au reste. Étonnamment, je parviens à me concentrer sur mes lectures. Parfois, je lis deux livres dans la même journée. Après l'extinction des feux à 21 heures, je continue ma lecture à la bougie.

Au fil des mois, je me vois changer. Je suis plus impatiente, plus violente, plus tendue. Intransigeante, sévère, méchante. À vif tout le temps. Dans les paroles, mais parfois aussi dans les gestes. Moi qui déteste les interdits, je les subis désormais en permanence et je ne le supporte pas. Je suis tout le temps sur les nerfs, prête à exploser sous le moindre prétexte. Tu peux dégoupiller pour un rien. Si tu ne te laisses pas faire, si tu cherches à sauvegarder le peu de dignité qu'il te reste, c'est le mitard. Un jour, je pique une crise dans le bureau de la directrice. Elle vient de me refuser l'un de ces pas-grand-chose qui permettent de tenir bon. Alors j'attrape sa machine à écrire, je jette tout ce que je trouve dans la pièce. Des gardiennes débarquent et me jettent à l'isolement. Une cellule plus petite encore, une cour plus étroite, la vie encore réduite. La prison dans la prison. Cela endurcit. L'univers carcéral, c'est comme un poison. Ça s'immisce en toi, ça te colle à la peau, ça change ton rapport au monde et aux autres.

Les bonheurs sont rares et de courte durée. Un jour, je dois être transférée à Limoges pour être entendue par le juge d'instruction. À la gare d'Austerlitz, je croise Jean-Charles, les mains menottées, encadré de plusieurs gendarmes. Une poignée de mètres nous séparent quand nos yeux se croisent. Il a maigri, il a l'air fatigué. Dans son regard, je vois bien que j'ai changé moi aussi. Les gendarmes nous maintiennent à distance l'un de l'autre. Dans le train, ils cèdent finalement, et nous voilà blottis l'un contre l'autre. À peine arrivés, il nous faut déjà nous séparer.

Dans nos lettres, Jean-Charles et moi nous disons toujours la même chose. Que nous nous aimons. Que nous nous attendrons. Qu'une fois libres, nous trouverons de l'argent et partirons pour l'Amérique du Sud. Jean-Charles a un ami bien placé en Uruguay. C'est notre rêve, même si nous savons que la prison durera des années. Pour supporter l'enfermement, ne pas devenir fou et ne jamais sombrer, pas le choix, il faut s'inventer un horizon. Le nôtre, c'est de partir ensemble pour le bout du monde. Un jour, je lui envoie une demande via l'avocat : « Veux-tu m'épouser ? » Moi, je veux me marier, je veux porter son nom, je suis prête. Pas lui. Ce n'est pas qu'il n'en ait pas envie, mais l'idée d'un mariage en prison ne l'emballe pas, il redoute le caractère sinistre de la chose. J'insiste et un jour, sa réponse m'arrive par courrier. En quelques lignes, il me dit oui.

Le 28 février 1975, le jour arrive. Ma mère et ma sœur se sont occupées de tout. Pour moi, c'était important, je voulais vraiment une robe de mariée. Tout le monde me disait : « Mais t'es en prison, qu'est-ce que tu t'en fous d'avoir une robe de mariée ? » Mais ce n'est pas négociable. La robe et les alliances sont prêtes. Jean-Charles l'est aussi : avant de se marier, il devait d'abord divorcer et, en bon témoin, maître Deodato s'est occupé de tout. Lors d'un parloir, ma mère a fait entrer tout ce qu'il fallait. Dans la pièce d'ordinaire dédiée à la fouille, je me prépare. Ma chevelure dorée dépasse de ma capeline pour tomber sur l'étole avec délicatesse. L'heure venue, une gardienne vient me chercher pour m'emmener vers un fourgon cellulaire. Pour moi toute seule, royal. Me voilà enfermée dans une cage minuscule avec ma robe de mariée. Pour ne pas la salir, j'évite de toucher les murs du fourgon. L'espace d'une seconde, je croise le regard de la gardienne et j'y lis de la compassion. Une jeune femme en robe blanche, avec un beau chapeau, ballottée dans ce réduit dégueulasse… je dois faire peine à voir. Sa bienveillance me touche. D'ordinaire, les matonnes ne sont pas les femmes les plus humaines ; pour se faire respecter, elles n'ont pas toujours le choix. Mais cette surveillante-là est formidable. Comme quoi, il ne faut pas faire de généralités.

Dans mon carrosse qui ressemble à une citrouille, je suis étonnamment heureuse. Aujourd'hui, je vais non seulement voir Jean-Charles, pouvoir le toucher, le sentir, l'embrasser… mais je vais me marier avec l'homme que j'aime, rendez-vous compte ! La cérémonie se tient dans une petite pièce située en face du bureau du greffe de la Santé. Quand j'arrive, je vois mes parents, ma sœur Betty, mes frères, maître Deodato, Natacha et son époux, tous venus assister au mariage. Ma mère me donne un petit bouquet de fleurs. Une porte s'ouvre. Jean-Charles entre dans la pièce. Toujours très élégant, avec un costume gris que ma mère lui a trouvé. Il a le sourire aux lèvres. Ses yeux pétillent comme du champagne. Voilà mon homme, il approche, encore un peu, encore un peu… Pendant quelques secondes qui valent une éternité, nous nous prenons dans les bras. Une minute à peine, mais d'une intensité inégalable, autant pour lui que pour moi. Un moment d'éternité suspendu. Entre les murs, le maire nous déclare mari et femme.

En tout et pour tout, cela doit durer dix minutes – un peu plus, le temps d'embrasser nos familles. Les yeux embués, Jean-Charles et moi nous embrassons une dernière fois. Je colle mon visage au sien.

— Martine chérie, dit-il, mon amour, je ne veux pas voir couler une seule larme de tes beaux yeux. Notre bonheur tout comme notre peine sont à nous deux, à nous deux seulement, mon amour. Personne ne doit les voir. Je t'aime.

— Je ne pleurerai pas, chéri, je te le promets.

J'arrache deux petites fleurs de mon bouquet et les glisse entre ses mains. Après quoi, les gardiens nous séparent… L'heure est venue. Ma famille est rentrée. Quatre heures de route pour une poignée de minutes de bonheur. Même pas une heure de parloir libre dans la foulée. Même pas une demi-heure. Dix minutes, peut-être cinq. Rideau. Lui repart dans sa cellule et moi dans mon fourgon cellulaire. Ma famille rentre dans le Berry. Sur la route du retour, j'ai l'impression de voler, j'ai du mal à le croire. C'est pourtant bien réel. Je suis devenue sa femme, je porte son nom, c'est une joie sans égale. Arrivée à la prison, je dois avoir le visage barré d'un drôle de sourire. Pendant la fouille, je retire ma robe de mariée, je la récupérerai à ma libération. Seule dans ma cellule, je revis ces dix minutes de bonheur volées. Je les rejoue dans ma tête, encore et encore, sans jamais m'arrêter. Pendant plusieurs jours, je revis ce moment, j'en rêve la nuit. Quand je me réveille le matin, je suis heureuse que ce moment m'appartienne pour toujours. Qu'il soit vrai, inaltérable et immortel.

Peu à peu, je sombre de nouveau dans l'univers carcéral. La seule nouveauté, c'est que j'ai changé de nom. En prison, cela ne change rien, on n'a pas de nom, on a juste un matricule. Être réduite à un numéro, c'est le plus dur. Psychologiquement, c'est un cap à passer. T'as un état civil, tu es une personne, un être humain identifié par la société. Cet état civil, on te l'enlève pour le remplacer par un chiffre. C'est une façon de te diminuer. De te déshumaniser. Entre quatre murs de béton, mon fort caractère m'aide à tenir. Je m'adapte, j'encaisse. À cet égard, l'idée de porter désormais le nom de celui que j'aime me donne un regain d'énergie. Comme un sursaut d'humanité. Même si là où je suis, mon nom n'a aucune valeur, c'est quand même le mien. Personne ne pourra me le retirer.

Pendant ce temps, mon avocat fait des demandes de liberté provisoire. Mécaniquement, elles sont toutes refusées. Il ne lâche pas l'affaire, multiplie les lettres. Enfin, le juge d'instruction accepte la demande de remise en liberté. Des amis me prêtent un pavillon à Noisy-le-Sec. Au bout de seize mois de détention, une nouvelle vie commence. Je suis dehors, mais mon mari, lui, est toujours à l'intérieur.

7.

Quand tu sors, tu ne réalises pas tout de suite. D'abord, la nouvelle arrive. Tu ramasses tes affaires. Tu navigues à vue dans les couloirs. Tu imagines que c'est une erreur. Tu attends. Les portes s'ouvrent. Soudain, c'est fini. En une seconde, tu passes de l'enfermement au monde extérieur. T'es dehors. Ton cerveau ne percute pas. T'es sonnée. À la sortie, ma sœur m'attend avec un sourire. Elle est venue me chercher. Nous nous embrassons, nous nous prenons dans les bras l'une l'autre. Apparemment, c'est un moment joyeux. Au fond de moi, c'est plus compliqué.

La voiture m'emporte vers une petite maison de Noisy-le-Sec. Des amis se sont donc organisés pour que j'aie un logement à ma sortie. Évidemment, je reste sous contrôle judiciaire, je dois me rendre au commissariat de temps en temps, des gendarmes viennent régulièrement me contrôler. Pendant cette période, je ne travaille pas, mais je ne manque de rien, je suis beaucoup aidée par le milieu. Comme j'en fais partie, des connaissances viennent me voir ou me donnent rendez-vous dans des lieux tout à fait normaux. Une forme de loyauté naturelle nous attache par des liens secrets...

La vie reprend, elle me paraît calme, insupportablement tranquille. En réalité, ce n'est pas ma vie, c'est celle que la justice française s'acharne à faire entrer au chausse-pied dans la mienne. Je suis libre, mais je reste liée à l'univers carcéral. La seule différence, c'est que je suis retournée dans le monde civilisé. C'est comme si une part de moi-même était encore à l'intérieur. Quelque part, c'est le cas. Jean-Charles est toujours là-bas, personne ne sait pour combien de temps encore. D'ici là, le retour à la vie m'est impossible... Sans cesse, je suis ramenée vers la prison comme par le courant.

Le 2 mai, je me rends au Palais de justice afin d'obtenir un permis de visite pour aller voir Jean-Charles au parloir. Dès le samedi suivant ma sortie, je me présente dans une cabine du parloir face à Jean-Charles. Le cœur battant, fébrile. Malgré la vitre épaisse, nous pouvons nous parler, nous regarder, échanger sur tout et sur rien. Maintenant, je vais le voir trois fois par semaine et j'attends chaque rendez-vous avec la même impatience. Encore une nouvelle existence, rythmée par les visites, le linge sale, le soutien moral. Je m'occupe de Jean-Charles, j'envoie du courrier, je vais voir l'avocat. Quand je lui rends visite, je m'applique à bien plier le linge, mais les surveillants foutent tout en l'air, au cas où j'aurais planqué un couteau ou un flingue dans la pile. À l'Hygiaphone, les matons se tiennent derrière nous, aucune intimité n'est possible. Parfois, je croise son codétenu, Jacques Mesrine, le Robin des bois français, l'homme aux mille visages, le futur ennemi public numéro un. En prison, ils sont devenus amis. Ensemble, ils jouent aux échecs et mêlent leurs infortunes. Deux têtes brûlées se rencontrent.

Une fois de temps en temps, je me permets une petite sortie. Jean-Charles me les reproche, d'ailleurs. Un soir, par exemple, je décide d'aller danser au Balajo, une salle de bal connue où une femme fait volontiers des rencontres. Au parloir suivant, Jean-Charles est au courant, il me tombe dessus. Je ne sais pas comment il se débrouille, mais il arrive toujours à tout savoir. Voilà ma vie de femme de prisonnier.

À la fin du printemps 1975, je suis ma routine quand, un jour, je le retrouve à l'Hygiaphone et découvre son regard vif et intense de l'autre côté de la paroi vitrée. Les yeux comme deux bâtons de dynamite. Je le connais, je sais qu'il a une idée en tête. Dans sa paume, il a réussi à écrire quelque chose qu'il essaie maintenant de me montrer. Dans un geste lent qui échappe à la vigilance des policiers, je me penche imperceptiblement. Je me place de sorte que les matons ne voient rien de l'inscription au creux de sa main. Pour la première fois depuis des semaines, mon cœur bat. La première chose que je parviens à lire est la suivante :

Suis-je d'accord pour l'aider à s'évader de prison ?

Sans hésiter, je le regarde droit dans les yeux et hoche la tête. En un regard, j'allume la mèche.

C'est oui.

Le voilà qui se penche et me glisse, doucement, pour que le maton n'entende rien :

— J'ai décidé de m'évader du Palais de justice. Veux-tu m'apporter les armes dans la salle d'audience ?

C'est oui.

— Martine, tu sais que ma détention sera longue, très longue… Au minimum, je serai condamné à une vingtaine d'années, nous ne pourrons donc plus jamais vivre ensemble, jamais plus, jamais ! Si tu m'aimes autant que je le pense, alors tu vas m'apporter les armes…

Encore une fois, ma réponse est oui, je ne lui laisse même pas le temps de finir. Pendant le reste du parloir, nous ne parlons plus de l'évasion. Avant de partir, nous nous regardons intensément, convaincus d'une chose : nos destins sont désormais liés. Quelques mois plus tôt, je lui ai fait une promesse : unis jusqu'à ce que la mort nous sépare.

Lors du parloir suivant, Jean-Charles me demande si j'ai changé d'avis. Mais il connaît déjà la réponse : il sait que je ne reviens pas en arrière. Et moi, je sais qu'il fera tout pour aller au bout. L'idée a dû germer dès que je suis sortie de prison. Maintenant qu'il a mon accord, les instructions m'arrivent par l'intermédiaire d'un avocat. Le plan est le suivant : le jour de son passage en correctionnelle au Palais de justice de Paris, je serai déguisée en avocate et prendrai des otages. Pas de fioritures, c'est limpide et clair comme de l'eau de roche. Bien sûr, j'aurais pu refuser, douter, me demander dans quoi je mettais les pieds, puis rétropédaler, abandonner, faire table rase et démarrer une nouvelle vie. Mais je ne me souviens pas d'avoir hésité une seule seconde. Lors du parloir suivant, Jean-Charles me dit qu'il faudra récupérer une grenade. Une grenade ? pas de problème. Il savait que j'irais jusqu'au bout.

Préparer une évasion à l'été 1975, mode d'emploi. D'abord, il faut trouver des armes. En prison, Jean-Charles a donc rencontré Jacques Mesrine. Celui-ci a décidé de l'aider. Alors des amis d'amis me mettent en contact avec d'autres amis. Un braqueur nommé

Jean Moscone passe me voir dans ma petite maison de Noisy. Il ouvre le coffre de sa voiture. À l'intérieur, deux pistolets : un P38 et un colt 45. Parfait. Quelques jours plus tard, un autre associé me remet un sac de papier. Il contient un objet froid, lourd, à peine plus grand qu'une balle de tennis. Pas besoin de l'ouvrir, je sais que c'est la grenade. Elle ne fonctionne plus, précise-t-il. Je rapporte la nouvelle à Jean-Charles.

— Il ne t'a pas dit pourquoi elle ne marchait plus ? me demande-t-il.

— Non, il m'a seulement dit en me remettant les affaires que la grenade n'était plus bonne et il est reparti aussitôt.

— Merde, c'est con. Et je n'ai plus le temps de lancer une nouvelle démarche pour qu'on t'en apporte une autre.

Un silence.

— Tant pis, poursuit-il, on va tenter le coup avec celle-là.

— Comme tu voudras.

Avec un morceau de fil de fer, Jean-Charles m'explique le fonctionnement de la grenade. Le moment venu, je la dégoupillerai tout en maintenant le levier de déclenchement. Un jeu d'enfant, en quelque sorte. Cela devrait être suffisamment dissuasif. Tout ce qui compte, c'est d'attirer l'attention quelques secondes, le temps que Jean-Charles saute en dehors du box des accusés. À vrai dire, on ne sait pas vraiment si l'arme est fonctionnelle ou pas. Pour des raisons évidentes, il est difficile de le vérifier.

Ensuite, il faut acheter des menottes. Pour cela, il suffit de se rendre dans une armurerie de votre choix. Si cela paraît louche, inventer n'importe quoi. En l'occurrence, je fais ma gentille, ma naïve. J'entre dans le magasin, fais mine de chercher dans les rayons en ayant l'air un peu perdue :

— Oh ! je ne sais vraiment pas comment m'y prendre, mais on organise une fête, on voudrait surprendre un ami et lui faire croire qu'on est de la police !

— Bien sûr mademoiselle, je vais vous aider !

En général, les hommes ne posent pas trop de questions, ils sont juste ravis de pouvoir aider une jeune femme. Il faut savoir se servir de son charme…

Maintenant, il me faut reconnaître le terrain. Pendant plusieurs semaines, je multiplie les allers-retours sur l'île de la Cité. Le Palais de justice est ouvert au public. Au milieu des avocats, des policiers et des citoyens, je me promène dans les couloirs, attentive au moindre détail de cette institution réglée comme du papier à musique. Comme une petite souris que personne ne remarque, j'apprends à connaître les lieux, j'observe tout, je note tout. Les différentes entrées, le temps qu'il faut pour traverser la salle des pas perdus, la distance entre la chambre correctionnelle et la sortie, les portes réservées aux avocats, les vestiaires… Personne ne se doute du scénario qui se trame dans ma tête.

Mais ce n'est pas tout de débarquer au tribunal déguisée en avocate avec deux flingues et une grenade sous la robe. Une fois dehors, que fera-t-on si on n'a nulle part où aller ? D'où la nécessité d'une planque. Des amis du milieu me donnent un coup de main. J'ai des clés, une adresse. Quand nous arriverons pour nous cacher, l'appartement sera plein de provisions. Il y aura aussi de quoi nous teindre les cheveux pour passer inaperçus. Dernière étape, louer une voiture. Mais au dernier moment seulement : c'est très important, pour ne pas éveiller les soupçons de la police. Plus la date se rapproche, plus il faut répéter. Passer en revue toutes les étapes du plan. Le moment venu, je devrai être prête. Avoir conscience du risque. Trois chemins s'offrent à nous : la prison pendant des décennies, la liberté ou la mort. Je peux vous dire que, la veille, je n'ai pas beaucoup dormi.

8.

Et ce fut donc la liberté.

Dans la chaleur de l'été, nous voilà dehors. Sur l'île de la Cité, nous poursuivons notre échappée. Un drôle de quatuor : le président menotté, le substitut, Jean-Charles avec les deux pistolets et moi déguisée en avocate. Dans ma main, je continue de serrer la grenade dégoupillée.

— T'es garée encore loin ? demande Jean-Charles, nerveux.

— Juste là-bas !

En de telles circonstances, 60 mètres équivalent à une année-lumière. Nous avançons d'un pas rapide. Des policiers nous suivent, mais ils n'osent pas tirer. Entre la grenade et les otages, personne n'ose presser la détente. Quand nous arrivons devant la petite Fiat à trois portes louée à la dernière minute, le visage de Jean-Charles se décompose. Cette fois, il m'engueule :

— Mais pourquoi t'as pris ça ?

— J'ai pas choisi, il y avait rien d'autre !

Quelque part, on se retrouve comme on s'est quittés. Bon, pas de temps à perdre. Il faut reculer les sièges avant. Jean-Charles force les otages à monter, les attache dans le véhicule avec les menottes, au cas où ils voudraient s'échapper – ils auraient franchement du mal, notre voiture n'a même pas de portes arrière.

Contact, moteur et on décolle. Enfin, on décolle. On ronronne plutôt. En matière de puissance, on a fait mieux. Tant pis : si notre voiture n'a pas été décrassée jusque-là, ce sera pour aujourd'hui. Démarre notre course-poursuite dans les rues de Paris. Sans tarder, les flics se mettent à nos trousses. Jean-Charles trace dans les rues. Il roule comme un pilote, fait fi des autres conducteurs, emprunte les sens interdits et prend des virages serrés qui mènent dans des petites rues étroites… Il change plusieurs fois de direction. Sur le siège passager, j'ai le bras tendu à travers la vitre baissée, la grenade toujours serrée dans ma main, le plus fort possible. Direction le boulevard de Belleville.

Le temps semble s'étirer, mais quelques minutes plus tard, c'est bon, ils sont loin derrière, on les a semés. On s'engage dans un parking souterrain, sous le magasin Darty. On gare la voiture dans un coin. Là encore, tout est prévu. J'ai des affaires pour que Jean-Charles puisse se changer et se grimer. Mon bras est raide, mes doigts n'en peuvent plus de tenir la grenade, j'ai mal, mais je ne peux relâcher mon étreinte. Petite précision : dans une grenade, la goupille sert à bloquer la poignée ; une fois la goupille retirée, on peut encore retenir la poignée avec la main, mais si on relâche, un ressort propulse le percuteur sur une amorce, allumant une mèche ; au bout de quelques secondes la grenade explose. Le problème, c'est qu'au cœur de l'action, la goupille m'a échappé.

— T'as la goupille ?

— Non.

— Comment ça ?

— Elle m'a échappé au tribunal.

— Putain…

Comment on va faire ? C'est bon, j'ai trouvé. Pour bâillonner les otages, on avait prévu du Scotch large. Doucement, il me desserre les doigts et parvient à bloquer la poignée avec un morceau de Scotch. Un travail de chirurgien. À tout moment, on peut partir en fumée.

Doucement, doucement et… voilà. Mes doigts sont blancs à force d'avoir serré. Je dois me dégourdir la main. Pour que j'aie moins peur, Jean-Charles et son ami m'avaient fait croire que la grenade ne fonctionnait pas. Mais je n'avais pas été dupe de leur petit mensonge. Et sa façon de manipuler la grenade comme un chirurgien en pleine opération cardiaque me l'a confirmé : si elle avait été inoffensive, il n'aurait pas pris autant de précautions. Pendant toute notre évasion, je savais donc que c'était une vraie grenade. Tant mieux, d'ailleurs, car paradoxalement, cela m'a fait me sentir en sécurité. Cette grenade, c'était notre protection. À la suite de cette évasion, je peux vous garantir que j'ai eu longtemps mal au bras, à la main et aux doigts. Chaque fois que j'y repense, mon poing se serre mécaniquement.

Ça y est, j'ai les mains libres. Une fois la grenade scotchée, je la mets dans mon sac. J'enlève ma robe d'avocate. Jean-Charles enchaîne les otages au volant avec les menottes, retire l'ampoule du plafonnier pour les plonger dans le noir et gagner encore un peu de temps sur les policiers. Après quoi, nous nous engouffrons dans une bouche de métro. La fuite continue. Jean-Charles porte une casquette, moi une perruque et des lunettes. C'est là, à ce moment précis, dans la rame qui nous transporte, au milieu des autres passagers qui suivent leur chemin sans se douter de qui nous sommes, que nous nous retrouvons. Dans le métro, nous nous regardons avec tendresse, tels deux tourtereaux. Nous sommes heureux, nous sommes libres, enfin libres.

Nous changeons de métro, pour brouiller les pistes et faire durer ce moment hors du temps.

L'heure est venue de gagner notre planque. Avant d'entrer dans l'immeuble, on se sépare, au cas où des policiers en embuscade attendraient l'arrivée d'un couple. L'un après l'autre, à quelques minutes d'intervalle, nous passons la porte. De nouveau, nous voilà enfermés, coupés du monde. Mais cette fois, nous sommes ensemble. Nos retrouvailles sont intenses. L'enfer nous semble loin derrière nous. C'est fait, c'est du passé. L'avenir s'offre à nous. Rien ne semble pouvoir nous arrêter. Aucune force ne parvient à éteindre notre amour. Si nous avons survécu à cela, nous devrions pouvoir survivre à tout. Sur notre nuage, je ne ressens plus de tension, je ne subis même pas le contrecoup que j'avais anticipé. Après le feu de l'action, un immense bonheur nous envahit, tout simplement. Nous passons des journées à nous regarder dans les yeux, à l'abri du monde, comme deux ados fous l'un de l'autre.

— Tu m'aimes ?

— Oui, je t'aime.

— Tout ira bien, pas vrai ?

— Oui, maintenant, tout ira bien.

Pendant quinze jours, peut-être trois semaines, nous restons planqués, blottis l'un contre l'autre. Jean-Charles me coupe les cheveux très court, change ma couleur. Il se laisse pousser la barbe. Dès que nous avons besoin de quelque chose, des amis viennent nous l'apporter.

La radio reste allumée. L'information fait la une des journaux. Jean-Charles Willoquet s'est évadé de prison, Martine Willoquet est venue libérer son mari. Les Willoquet sont dans la nature. Ma famille doit être terrifiée. Très vite, mes proches sont interrogés. Ma sœur était à Noisy-le-Sec peu avant les faits, elle était dans la confidence, elle devait avoir très peur, elle était encore jeune. Quand elle a entendu la nouvelle du succès de mon plan d'évasion, elle a crié de joie. Puis elle a pris le train pour Châteauroux. Des policiers l'attendaient à la gare. Elle a immédiatement été placée en garde à vue. Interrogée, elle a dit qu'elle n'était au courant de rien, elle était juste venue me rendre visite à Noisy-le-Sec.

Au bout de trois semaines à rester enfermés, nous décidons de sortir. C'est là que démarre la cavale. La vraie. La première chose à savoir, c'est que tu ne vis pas. Tu es toujours sur le qui-vive, tu doutes de ta perception des choses, tu navigues dans la méfiance, tu as toujours l'impression que les gens te regardent dans la rue, tu jettes toujours un coup d'œil derrière ton épaule. Tu ne restes jamais deux nuits dans le même hôtel. Tu n'es jamais en sécurité. Sur le visage de Jean-Charles, j'arrive à lire le danger. La cavale, c'est une fuite en permanence. Rien ne calme jamais nos inquiétudes dans cette vie interdite.

Toutes les polices nous recherchent. Elles cherchent un couple, alors on fait tout en décalage. On se grime comme on peut. On se déguise en touristes avec un style anglais et un appareil en bandoulière. Touriste, c'est le meilleur costume pour passer inaperçu à Paris. On se fait des fausses pièces d'identité. Dès qu'on a besoin de se déplacer, j'appelle la police pour les envoyer sur une fausse piste à l'autre bout de Paris.

– Allô ?

– Police, j'écoute.

– Je viens de voir Jean-Charles et Martine Willoquet dans un café avenue Hoche, faites vite !

Et je raccroche. La voie est libre. Parfois, la paranoïa nous rattrape. Un jour, nous déjeunons dans un restaurant de couscous du côté des Grands Boulevards. Jean-Charles connaît l'endroit, censé être tranquille. Quand on passe la porte, il y a beaucoup plus de monde que prévu. Nous ne pouvons même pas choisir une table près d'une sortie. Le serveur nous installe au milieu de la salle. Tous nos sens sont en éveil. C'est le couscous le plus tendu de l'histoire de la restauration. Moi, je lis tout sur le visage de Jean-Charles. Sa main gauche pend vers sa ceinture, au-dessus de la crosse de son pistolet, prête à dégainer. Il jette des coups d'œil vers trois hommes qui lui ont l'air d'être des poulets. Je leur fais face et les surveille.

— J'ai les pavillons aux aguets, me glisse Jean-Charles, le regard méfiant.

L'un d'eux me regarde de temps en temps.

Mais comment interpréter un tel signal ? Après tout, je suis une jeune femme. Peut-être me regarde-t-il parce que je le regarde. S'il fallait que je prenne la fuite dès qu'un homme pose son regard sur moi, je courrais en permanence dans les rues.

— T'en penses quoi ? demandé-je à Jean-Charles.

— Ça sent le poulet, on se tire !

On règle l'addition et on met les voiles.

Le temps que les choses se calment, nous partons nous mettre au vert en Belgique. D'abord, on trouve un appartement dans la ville de Knokke, sur la côte, dans une région d'huîtres, de marécages et de cigognes. Puis aux Pays-Bas, où nous louons une maison au bord de la mer, à peine à 200 mètres de la plage. Ici, on aura de l'espace. Dehors, il sera plus facile encore de passer inaperçus et de se sentir en sécurité. À Tervuren, on adopte même une chienne, un groenendael à robe fauve. Un couple avec un chien, quoi de plus innocent ? En nous croisant, les passants voient deux charmants vacanciers sans histoires, certainement pas les deux bandits en cavale les plus recherchés de France.

Pendant quelque temps, on est bien, on reste cachés, on mène une petite vie tranquille. La deuxième chose à savoir, c'est qu'une cavale, ça coûte cher. Si tu n'as pas d'argent, tu ne peux rien faire, t'es coincé. À mesure que les semaines avancent, une prochaine fuite se profile. Partir pour l'Uruguay, voilà notre horizon. Refaire notre vie plus loin encore. Mais pour cela, il va falloir nous remettre au travail...

Fin septembre, direction le Luxembourg. Pour voyager, nous récupérons une Mercedes 280. Nous nous arrêtons dans un Holiday Inn. Pendant le petit déjeuner, remue-ménage devant l'hôtel. Des forces de police se positionnent un peu partout. Hop ! nous réglons l'addition sans attendre. Au moment de signer la note, je demande s'il serait possible de sortir par la porte réservée au personnel. Le guichetier ne se fait pas prier pour nous montrer la voie. Qu'a-t-il à gagner à nous barrer la route ? La plupart des gens ne veulent pas d'histoires. En passant par une porte de service, nous arrivons sur le parking. Par anticipation, nous avions justement garé la Mercedes à cet endroit. Je mets le contact. La voiture s'envole sur le parking sous le regard médusé des policiers. Situation étrange, ils ne nous poursuivent guère et nous parvenons à traverser la frontière sans encombre, passant par les petites routes pour éviter les éventuels barrages policiers.

Retour en France, donc. Dans l'Oise, plus précisément. Les affaires reprennent. Car il faut bien vivre, remplir la caisse et financer cette cavale qui ne doit jamais s'arrêter. Des banques, des bureaux de poste, des magasins d'antiquités... Nous faisons feu de tout bois pour payer notre liberté. À Nancy, nous attaquons un bureau de poste pour quelques centaines de milliers de francs. À Reims, nous choisissons un autre bureau. Dans nos préparatifs, nous volons une R16 garée sur un parking privé, mais les propriétaires nous repèrent. Alors démarre une course-poursuite. Nous fuyons sur l'autoroute. Nos victimes se lancent à nos trousses à bord d'une Alfa. Au volant d'une autre voiture, une Mercedes, notre associé les nargue et nous finissons par les distancer. Une fois de retour à l'hôtel, nous allumons la radio. Flash info : « Une fusillade vient d'avoir lieu dans Reims entre des policiers et un voleur de voiture ; le voleur est arrêté. » Pas une minute à perdre, on fait les valises et on quitte la région. Le conducteur de l'Alfa nous a reconnus sans l'ombre d'une hésitation.

La troisième chose à savoir sur la cavale, c'est que ça ne peut pas durer très longtemps ; c'est comme un compte à rebours avant une nouvelle arrestation. Plus notre pactole augmente, plus l'étau se resserre autour de nous. L'évasion vers l'Amérique latine se fait de plus en plus urgente. Elle n'est plus très loin, on pourra bientôt repartir de zéro, faire table rase du passé, construire une vie meilleure, plus forte, plus libre, plus intense, ensemble…

Mais avant que nous voyions le bout du tunnel, son passé rattrape Jean-Charles comme un courant qui vous happe vers le fond. Un pacte le lie à Jacques Mesrine, son codétenu resté derrière les barreaux. Leur accord était clair. Jacques Mesrine aidait Jean-Charles à se faire la belle à une condition : une fois dehors, Jean-Charles devait faire évader Mesrine en retour. Maintenant, il veut donc organiser l'évasion de l'ennemi public numéro un. Ce n'est pas seulement qu'il le veut : il le doit. Il ne peut se résoudre à partir pour l'autre bout du monde en laissant l'ami qui lui a sauvé la mise dépérir au fond d'un cachot. Un premier paquet nous attend à Paris, avec toutes les consignes. C'est une lettre en deux parties. La première nous remercie de notre courage et de notre loyauté. La seconde donne des détails pour négocier sa libération contre des otages.

Soudain, il faut tout recommencer. De nouveau, les armes, la prise d'otages, la planque… Pour moi, c'est compliqué. Pour Jean-Charles, j'étais prête à tout, j'ai risqué ma vie ; je ne suis pas sûre de pouvoir le refaire. Pas pour quelqu'un d'autre, en tout cas. À la limite, je peux aider, participer d'une manière ou d'une autre, mais je ne veux pas jouer ma vie à la roulette russe une deuxième fois. Cela me paraît impossible.

Mais Jean-Charles ne veut rien entendre. C'est une affaire de principe, de loyauté, c'est sa parole d'homme qui est en jeu. Alors il m'embarque dans ce nouveau plan, fou et désespéré. De nouveau, la pièce est en l'air et j'attends qu'elle retombe. Le projet est encore plus ambitieux. Cette fois, il va falloir enlever une personnalité politique de premier plan pour l'échanger contre la libération de Jacques Mesrine. Pour la suite, nous aurons une planque hollandaise où nous réfugier une fois que le plan aura réussi. Il nous faut donc aussi surveiller la personnalité qui nous servira de monnaie d'échange. Nous trouvons un appartement qui nous servira de planque pour l'otage. Au fond de moi, je sens que nous sommes en train de courir à notre perte, de nous jeter dans la gueule du loup. Bientôt les mâchoires se refermeront sur nous.

Le 25 octobre 1975, nous avons rendez-vous chez l'avocat de Jacques Mesrine. Ce jour-là, nous devons recevoir la suite des instructions pour préparer l'évasion. Jean-Charles ne veut pas que je vienne, mais j'insiste. En début d'après-midi, on se dirige vers la Mercedes. D'abord, on passe devant sans s'arrêter, à l'affût du moindre élément suspect. La voie est libre. Cinquante mètres plus loin, demi-tour. Je suis la première à ouvrir la portière. Les pavillons aux aguets, la main sur son colt 45, Jean-Charles se tient prêt. Je mets le contact. Une fois le moteur en marche, Jean-Charles prend le volant. Un tour de pâté de maisons, histoire de s'assurer que nous ne sommes pas suivis, et nous prenons la direction du quartier chic de Paris. Les rues sont calmes, silencieuses. Aucune difficulté à se garer. Nous sortons de la voiture. Bras dessus, bras dessous, nous nous dirigeons vers un café. À une trentaine de mètres devant nous, Jean-Charles remarque un type en imper crème. Pas besoin de mots, je connais suffisamment son regard, je l'ai vu mille fois au cœur du danger. Quelque chose ne va pas. Il est tendu, concentré. Est-ce le silence dans les rues ? Un silence électrique aux airs de calme avant la tempête… Personne n'est au courant de notre rendez-vous. Faut-il partir ou bien rester ? Est-ce la paranoïa qui nous guette ? Les mains dans les poches, Jean-Charles serre la crosse de son pistolet. Je me blottis contre lui, incapable d'identifier la source du danger. On entre dans l'immeuble, on traverse le hall, on emprunte l'escalier, on monte quelques marches, quand soudain, le visage de Jean-Charles se fige.

— Viens, on rentre à la maison.

— Quoi ?

— C'est pas normal.

— T'es sûr ?

— Je n'aurais pas dû t'emmener.

Son sixième sens s'active et lui signale un danger. Je comprends tout de suite. Le silence, l'absence de circulation, les rues désertes…

— On repart tout de suite, ça sent le poulet.

Vite, on part en sens inverse, on descend l'escalier, on traverse le hall, on passe la porte… Dans la rue, deux types arrivent face à nous. Ils approchent. Six mètres, cinq mètres, trois mètres… Rien. Ils nous laissent passer et continuent leur chemin. Il faut faire vite. Jean-Charles ne veut pas retourner à la Mercedes. Au feu rouge, nous braquerons un conducteur et partirons avec sa voiture.

Le silence est de plus en plus pesant.

Soudain, cela paraît évident. Aucune voiture ne circule. Le soleil se couche et aucun phare n'éclaire les rues. En longeant les murs pour éviter d'être trop près des voitures en stationnement, nous traversons l'avenue et retournons finalement vers la Mercedes. Nous sommes comme deux rats pris dans un piège sur le point de se refermer.

À quelques mètres, entre deux voitures, le type en imper crème. Son bras est tendu vers nous.

Merde. D'un geste brutal, Jean-Charles me pousse.

— Cours, cours, cours ! me crie-t-il.

Boum.

Un coup de feu retentit.

Les policiers sont planqués partout. Dans les rues, derrière les voitures et sur les toits, ils surgissent, s'avancent vers nous et nous braquent… Je ne sais pas combien ils sont, je ne prends pas le temps de les compter, mais ils sont nombreux…

Jean-Charles sort son calibre.

Boum.

Boum.

Vite.

Notre course démarre comme un réflexe de survie.

Sans attendre, je prends mes jambes à mon cou. Nous nous retrouvons chacun sur un trottoir, prenant la fuite en parallèle. La rue est montante, c'est un détail, mais dans ces moments-là, la vie tient à ce genre de détail. Je commence à remonter l'avenue Kléber, je bifurque à gauche, prends la première petite rue sur ma gauche, me dérobe enfin…

Boum.

Boum.

Boum.

Un coup de feu retentit, puis, un deuxième, puis un troisième. Les pistolets crachent. Ça tire dans tous les sens.

Boum.

Cette fois, une brûlure me saisit tout le corps. Une brûlure fiévreuse. Une déchirure. De plus en plus vive.

Je sais ce que c'est. Un policier m'a tiré dessus, une balle vient de m'atteindre au niveau des jambes, la douleur monte.

Je jette mon sac par-dessus mon épaule. À l'intérieur, il y a une lettre de Mesrine avec toute une liste d'instructions pour le libérer. Surtout, il y a la grenade, je l'ai gardée avec moi. Je sais que si les flics atteignent mon sac en me tirant dessus, je serai soufflée comme une mèche. Je ne m'arrête pas. Je continue de courir. Ma foulée ralentit. De plus en plus empêchée, de plus en plus douloureuse, de plus en plus vaine.

Poum.

Des bras me saisissent et me plaquent au sol. Juste avant de m'effondrer, je parviens à distinguer Jean-Charles en train de s'enfuir au volant d'une voiture. Peine perdue, il sait qu'il ne peut rien faire pour moi. Autant qu'il s'échappe. La survie en priorité. Pragmatique. S'il s'en sort, il pourra préparer un plan, venir me sauver et me libérer à son tour.

Ce fut jamais.

9.

Ainsi la brigade antigang se tenait prête à nous cueillir. Face contre terre, la tête me tourne. Des policiers s'agitent autour de moi. Des sirènes de voitures crient dans les rues. Des brûlures intenses me saisissent tout le corps, comme des coups de couteau. Dans l'œil de l'ouragan, mon esprit s'attache à des détails. Au sol, mon regard ne perçoit que le mouvement des bottes des policiers. Mon esprit s'accroche pour tenir bon, ne pas partir et rester présent. Allez savoir qui nous a trahis. « Sur renseignements confidentiels », précisera le dossier. Les flics ont-ils cherché à nous abattre pour que personne ne pose la question ? Des années plus tard, un policier expliquera que l'avocat de Jacques Mesrine aurait craqué. Sous la pression, il aurait joint le Quai des Orfèvres pour tout balancer. D'autres diront que c'était notre associé Jean Moscone, mais je ne crois pas à une trahison de notre compagnon de route, un vieil ami, fidèle parmi les fidèles. Quant à Jean-Charles et moi, nous avions des doutes sur l'un de nos défenseurs. À ce jour, aucune certitude. Ma seule conviction : le guet-apens était bien ficelé.

Des mains me saisissent, me traînent et m'emmènent vers une ambulance. Des hommes regardent mes blessures au niveau des jambes. Avec des ciseaux, ils découpent mon pantalon. Quand ils s'apprêtent à s'attaquer à mes bottes, je sors les griffes. Ce sont des bottes de cuir vert olive, Jean-Charles vient de me les offrir :

— Pas les bottes, elles coûtent une fortune, alors ne les découpez pas !

— Mais ça va vous faire mal si on vous les retire comme ça !

— Pas grave !

Cela dit, une de mes bottes a quand même été trouée par un impact de balle…

Je suis immédiatement transférée à l'Hôtel-Dieu. Les médecins veulent m'opérer pour retirer le plomb qui s'est niché sous ma peau. Il faut m'anesthésier. D'une voix rugissante, je leur annonce ce que je n'ai pas encore dit à Jean-Charles, ce que je gardais jusqu'alors pour moi-même :

— Je crois que je suis enceinte.

— Ah ? Alors on ne va pas pouvoir vous anesthésier.

— Et alors ?

Alors il va falloir serrer les dents. Avec des pinces, de l'alcool et des pansements, ils me charcutent pour aller chercher le plomb niché dans ma chair. Du moins, ce qu'ils peuvent enlever. Le reste, ils le laissent. La douleur ressemble à une brûlure interne. C'est comme si on allumait un briquet à l'intérieur de mon corps. Malgré la souffrance, je ne prends pas de cachets. Pour moi, c'est secondaire. La seule idée qui occupe mon esprit, c'est que nous sommes de nouveau séparés et que le voyage en enfer recommence…

Très vite, des flics débarquent dans ma cellule à l'hôpital. Ils déboulent comme des cow-boys :

— Toi, t'as intérêt à parler !

— Quoi ?

— Tu veux pas parler ? Nous, on va te faire tomber du lit, on va te faire parler, tu vas voir !

Le ton monte. Ils commencent à secouer mon lit pour raviver mes blessures. Je hurle de douleur. Un médecin entre dans la pièce et leur intime de déguerpir. Les policiers s'en vont. Je suis transférée à l'hôpital de Fresnes dans un fourgon blindé, le temps de me rétablir. Au bout d'un mois, je suis incarcérée à Fleury-Mérogis. Peu de lumière, cour de promenade étroite, du béton à perte de vue.

Comme il n'y a pas de quartier de haute sécurité chez les femmes, je suis placée à l'isolement. C'est un cachot, ou tout comme. Là, tu n'as droit à rien, juste une petite cour où tu peux à peine marcher. Quand j'arrive, je vois un médecin, qui à ma demande me fait passer un test de grossesse avant de m'annoncer la nouvelle : effectivement, j'attends un heureux événement.

Je dois dire que c'est un immense bonheur dans mon malheur. Porter cette nouvelle vie, cela me relie à l'extérieur, à mon amour et à la possibilité d'un avenir meilleur, forcément meilleur. Grâce au bébé qui arrive, j'entrevois la possibilité d'une existence plus calme, à l'abri des tumultes, toute dédiée à un enfant né d'un amour véritable. Ça m'aide à m'évader, au moins mentalement. La possibilité d'un futur radieux se charge aussi d'une certaine inquiétude. Comme j'ai déjà perdu mes jumelles, j'ai peur de perdre cet enfant-là. Cette grossesse, j'aurais voulu la vivre autrement. Pas besoin d'être un génie pour savoir que la vie carcérale n'est pas l'idéal pour porter un enfant…

Pendant ce temps, Jean-Charles continue sa cavale. Il parvient à voir l'avocat, maître Deodato, qui lui annonce la nouvelle de ma grossesse – je n'ai pas pu le lui dire moi-même. Au parloir, l'avocat m'apprend que Jean-Charles est toujours en France et qu'il prépare un plan pour me faire sortir de là. De temps en temps, je reçois une carte postale en provenance du Brésil. Elle n'est pas signée, mais je sais qu'elle vient de lui. Au bout de six mois de grossesse, un médecin me fait transférer à l'hôpital de Fresnes. L'avantage, c'est que, dans la journée, les portes des cellules restent ouvertes, donc on peut se promener dans les couloirs de l'hôpital. Pas tout à fait la liberté, mais c'est déjà cela de pris. J'ai peur de perdre l'enfant encore une fois.

Trois mois après mon arrestation, Jean-Charles tombe à son tour. La nouvelle m'arrive par la radio et l'avocat me la confirme au parloir. Je n'ai pas les détails. Je sais simplement qu'il était chez un ami, en train de regarder le film *La Chaîne*, de Stanley Kramer, quand une voix s'est élevée de l'extérieur :

— Jean-Charles, ici c'est le commissaire Broussard. Tu es encerclé, fais pas le con et rends-toi. Je te donne ma parole qu'on ne te touchera pas. Tu me connais. Mesrine s'est rendu dans les mêmes circonstances. Alors fais pas le con, la brigade des gaz est là, tu n'as aucune chance, je te donne deux minutes.

Des flics étaient allongés sur les toits des voitures, postés sur les balcons, partout dans les rues, mitraillettes braquées dans sa direction. Aucune chance de s'enfuir. Deux minutes plus tard, Broussard est entré dans l'appartement, suivi d'une équipe de RoboCop armés jusqu'aux dents. Personne n'a fait de mal à Jean-Charles.

Le commissaire Robert Broussard était un flic droit. Il faisait son boulot. Pas comme certains qui se prenaient pour des cow-boys, toujours prêts à appuyer sur la détente. Dans le milieu, Broussard était respecté. Il avait cette réputation : si tu tenais ta parole, il tenait la sienne. Entre lui et nous, il y avait une relation de respect, on pouvait lui faire confiance. Nos chemins se sont croisés. Même si dans ces moments, tu es dans un état tel que tu te fiches bien de qui se trouve en face de toi, il y avait quelque chose de réconfortant dans le fait de savoir que tu avais affaire au commissaire Broussard.

Ainsi, c'était fini. J'avais perdu. Jean-Charles aussi. Préparer une évasion quand on est soi-même en cavale, c'est encore plus dur, limite impossible. Il faut dire aussi que, quand on en arrive là où nous étions, les amis se font plus rares, ils prennent des distances, parce qu'on fait trop parler de nous, parce qu'on devient gênants pour les autres. D'une certaine manière, on est radioactifs pour nos amis, pour nos proches et pour tous ceux qui croisent notre chemin. Tant que Jean-Charles était en liberté, il y avait toujours l'espoir que notre projet se réalise. Le jour où j'apprends son arrestation, c'est terminé, je sais que cela n'arrivera jamais. Pour vivre une vie heureuse, en famille, il faudrait attendre longtemps, trop longtemps. Pour l'heure, je raconte ma grossesse à Jean-Charles à travers mes lettres : « Chéri, aujourd'hui, je l'ai senti bouger. » Parfois, je lui demande son avis pour qu'il vive cette grossesse avec moi, malgré la distance qui nous sépare : « Qu'est-ce que tu penses de ce landau, de ce couffin, de cette grenouillère ? »

L'accouchement doit avoir lieu le 20 juin. « Pourvu que je n'accouche pas le 25 », ne cessé-je de répéter à Jean-Charles. Car ce chiffre me rappelle la fusillade de l'avenue Kléber, notre arrestation et notre séparation.

Cela ne rate pas. Le matin du 25 juin 1976, je commence à ressentir les premières contractions. Une douleur atroce. Alors je marche, je m'accroupis, me relève... je fais cela toute la journée. Vers 19 heures, je commence à accoucher. C'est un jour de canicule qui rend les choses difficiles à supporter pour tout le monde. De grosses gouttes de sueur coulent du crâne du médecin et tombent sur mon ventre comme une douche tropicale, vision très étrange. Je meurs de soif. Le docteur le voit bien, alors il se tourne vers les bonnes sœurs et lance :

— Mettez-lui une compresse de gaze mouillée sur les lèvres.

C'est ainsi : ils refusent de me donner de l'eau. Même pas une gorgée. Rien.

— Elle est là pour souffrir, disent les bonnes sœurs.

Pendant l'accouchement, les choses se passent comme prévu. À un détail près : le bébé sort la tête la première, mais son poing est mal placé, le médecin est obligé de le rentrer pour repositionner le bras afin qu'il sorte dans une position normale. Bien sûr, j'ai ressenti des déchirements. La souffrance est là, mais c'est vite oublié, les vraies douleurs viendront un peu plus tard... Ainsi naît William, le fruit d'un amour aussi intense qu'empêché. Une nouvelle vie débarque sur Terre ; pour moi, c'en est encore une autre qui commence. Maintenant, je suis à la fois détenue, femme de détenu et mère détenue. C'est trop. L'arrivée de mon fils fait voler en éclats toutes mes convictions. Au fond de moi, je sens que je ne veux plus brûler la vie par les deux bouts. Non. Désormais, je dois protéger mon enfant. Mon parcours de criminelle s'arrête ici, même si je ne le sais pas encore.

Les premières semaines suivant la naissance, le ministère refuse de nous autoriser un parloir. L'attente me plombe, mais je tiens bon. Nous continuons donc à communiquer par courrier. « Quand nous reverrons-nous ? » écris-je sans cesse. La date est sans arrêt repoussée. Le 2 août, un parloir nous est finalement accordé. Je m'y rends. Jean-Charles passe la porte. Il a l'air ému. Notre silence est chargé d'émotion. Au bout d'un moment, une assistante sociale prend le bébé de mes bras, passe de l'autre côté de l'Hygiaphone et présente son fils à Jean-Charles. Il l'embrasse, le berce et lui parle tendrement. Une vitre nous sépare, l'avenir est incertain, mais c'est notre premier moment de bonheur à trois, et personne ne pourra nous le prendre.

10.

La vie de William commence donc derrière les barreaux. Pendant le premier mois, des infirmières me le prennent la nuit, prétendument pour que je me repose. Elles me le ramènent pour les tétées. Le bonheur de la maternité, je n'y ai droit qu'au moment d'allaiter. Pour les promenades, nous avons accès au toit de l'hôpital de Fresnes. Quelques fleurs et surtout beaucoup de grillages. Quelques semaines seulement après la naissance de William, je suis encore à l'hôpital de Fresnes quand mon dossier d'assises m'arrive, épais et volumineux. C'est long, c'est compliqué, alors je survole les documents sans tout comprendre. À la fin de ma lecture, je suis soudain frappée d'effroi : j'encours la peine de mort. Le choc est si brutal que mon lait se tarit aussitôt : à peine ai-je donné la vie que je pourrais bientôt perdre la mienne…

Très vite, les avocats me rassurent. Certes, je suis passible de la peine capitale, mais non, les jurés n'enverront jamais une jeune mère à l'échafaud pour ce qui sera présenté comme des erreurs de jeunesse. Peu à peu, ma crainte s'estompe, sans jamais tout à fait disparaître de mon esprit. Une épée de Damoclès pend au-dessus de ma tête. Comment oublier qu'il existe une probabilité, même infime, que je sois condamnée à mort quelques mois seulement après la naissance de mon fils ? Comment faire comme si de rien n'était ? Et même si je parvenais à chasser cette pensée, cela ne balaierait pas toutes les autres : que se passera-t-il si je prends dix ans de prison ? Ou quinze ans ? Ou vingt ans ? William sera-t-il condamné à vivre sans ses parents ? Mon avenir est en suspens, le sien aussi. En attendant de connaître mon sort, je patiente et me ronge les sangs…

À Fleury-Mérogis, je rejoins le quartier des nourrices. Dans ma cellule de 9 mètres carrés, j'ai désormais droit à un couffin et à une table à langer. Les journées sont rythmées par les biberons, les promenades en poussette dans la cour et le temps passé dans une salle de jeux aménagée. Les portes sont ouvertes, nous pouvons nous retrouver dans une courette de rien du tout, dans une salle avec une télévision, des jeux d'enfants et une table à repasser. Dans ce quartier, nous sommes six ou sept mères. Le matin, pour le petit déjeuner, les intendantes nous apportent les biberons, nous avons même une petite cuisine pour faire chauffer le lait. Je n'irai pas jusqu'à dire qu'avoir un bébé rend la vie plus agréable en prison, mais cela l'adoucit un peu quand même. Déjà, tu es responsable de ce petit être, donc tu as forcément plus d'énergie. Et puis tu ne veux pas transmettre ton stress, tes angoisses et tes insécurités à ton bébé. En même temps, tu as bien conscience que tu lui imposes la prison. L'enfermement, la solitude, les bruits de clés, de couloir, d'œilleton... tout cela doit déjà marquer son inconscient. Du monde extérieur, des choses simples, comme les arbres, les voitures, les chiens ou les chats, tout ce qui constitue l'univers d'un enfant, William ne voit rien. Sans cesse, mon cœur oscille entre le bonheur, la culpabilité et l'angoisse de l'avenir.

Au printemps 1977 arrive le procès. Comme d'habitude, la journée commence par un bruit de clés dans les couloirs, le claquement de l'œilleton, le grincement de la porte qui s'ouvre. Aujourd'hui, les surveillantes sont accompagnés de plusieurs policiers armés comme des militaires en mission. Ils ont l'air très sérieux, pas là pour rigoler, tendus. Comme des robots, ils disent mon nom, appliquent la procédure à la lettre et m'emmènent à travers le dédale de couloirs jusque dans un fourgon cellulaire. Un convoi de voitures de police quitte la maison d'arrêt de Fleury, emprunte l'autoroute A6 et monte vers Paris. Cinquante minutes plus tard, la porte du fourgon cellulaire s'ouvre sur l'île de la Cité. Là, des hordes de policiers, de photographes et de curieux sont postées autour du Palais de justice. Deux années ont passé depuis notre échappée sauvage, le territoire est quadrillé, ils en ont tiré la leçon. Aujourd'hui, je m'apprête de nouveau à retrouver Jean-Charles au tribunal. Cette fois, je serai à ses côtés dans le box des accusés ; mon destin n'est plus entre mes mains mais entre celles des jurés, des monsieur et madame Tout-le-monde, et personne ne viendra nous faire évader.

Dans ma tête, je pars pour quinze ans de prison. C'est la première fois que je passe en jugement, je ne sais pas comment cela va se passer. Je ne décide plus de rien et ne suis plus maîtresse de mon sort. Forcément, j'appréhende. Le procès doit durer deux semaines. Les procès, plutôt. La première semaine sera dédiée aux braquages, au recel, au port d'armes. La seconde portera sur l'évasion du tribunal. Deux procès pour le prix d'un : pas étonnant que des journalistes, des avocats et des curieux remplissent la salle d'audience. Pour échapper à ces mauvaises pensées, j'essaie de me concentrer sur l'instant présent.

Pendant deux semaines, je vais voir Jean-Charles. Nous avons fait une demande pour avoir le droit d'être assis à côté l'un de l'autre. Par miracle, elle a été acceptée. Quand j'arrive dans la salle d'audience, je le cherche. Debout dans le box des accusés, il se tient droit, la mine fatiguée, mais le regard toujours aussi doux et ardent. Immédiatement, je suis heureuse de le retrouver. Malgré les circonstances, la perspective de passer quelques jours à ses côtés m'enchante. Nous ne sommes pas littéralement collés, mais nous sommes suffisamment proches pour nous regarder, nous toucher, sentir la présence de l'autre. Soudain, le box devient notre cocon, le banc des accusés se change en banc pour amoureux, les pauses sont de délicieux moments de baisers volés, jusqu'à ce qu'on nous sépare… C'est fou comme tout un décor si austère peut soudain prendre les contours de la tendresse. Autour de nous, le monde, grave, cruel, impitoyable, n'existe plus. Dans ce grand moment d'incertitude où notre sort est en suspens, c'est un bonheur simple de pouvoir être ensemble. Nous allons être ensemble, c'est tout ce qui compte. Tous les jours. Pendant dix jours. Une éclaircie dans un ciel sombre. Sans doute la dernière.

— Même si t'entends des choses fausses, tu ne dis rien, m'ordonne maître Deodato.

— Même si…

— Non, tu ne bronches pas, quoi que t'entendes et quoi qu'on dise.

— Mais…

— C'est simple : si tu l'ouvres, ta peine sera plus lourde ; si tu la boucles, tu t'en sortiras mieux.

Il me connaît bien, celui-là. Il sait que ça va être un sacré travail pour moi de me taire.

Le président ouvre le procès. Je suis accusée de vol, recel et port d'armes. Pendant les débats, Jean-Charles me protège, c'est sa manière de me rendre la pareille. S'il ne peut pas m'aider à m'évader, il fera de son mieux pour me sortir d'affaire. Sa mission : il faut sauver le soldat Martine. Pour moi, il se sacrifie. Le cerveau, c'était lui ; quand il passait à l'action, je n'étais jamais là ; moi, j'attendais dans la voiture. À l'en croire, je ne suis qu'une suiveuse. Quant à l'évasion, j'ai suivi ses instructions, c'est tout. Mais enfin, demande-t-il à la barre, comment voulez-vous qu'une jeune femme comme elle sache se servir d'une grenade ? Elle ne ferait pas de mal à une mouche. Pauvre fille aveuglée par l'amour… Il endosse tout et n'hésite pas à en faire des caisses, s'il peut au passage se donner le beau rôle… Après tout, il reste un homme. Lui, c'est l'ennemi public numéro un. Moi, la jeune mère qui a fait quelques erreurs, mais se démène pour élever son fils en prison. À la barre, je détaille ma vie, mon quotidien derrière les barreaux. J'enfile le costume de la potiche, on verra bien si c'est une bonne stratégie judiciaire. En tout cas, je m'y tiens. Pas un mot plus haut que l'autre. Pour le reste, maître Deodato et maître Pelletier s'occupent de tout.

Les jurés ont l'air émus. Face à moi, j'ai l'impression d'avoir affaire à des humains, des êtres sensibles, dotés d'empathie. Rien à voir avec l'inhumanité de rigueur derrière les barreaux. Leurs regards ne me jugent pas. Parfois, le mien croise celui des curieux assis dans la salle d'audience. Je me demande ce qui peut bien amener des gens ordinaires à prendre sur leur temps libre, voire à poser un jour de congé, pour assister à ma descente aux enfers. Le voyeurisme, c'est quand même bizarre. Dans leurs yeux, je sens une forme de jugement, comme si j'étais le réceptacle de tous leurs fantasmes, comme s'ils essayaient de sonder mon âme, comme si je leur tendais un miroir pour comprendre la leur. Pas facile de rester stoïque au milieu des charognards. Le verdict tombe : cinq ans de réclusion criminelle. J'insiste : réclusion criminelle. Car cela aura toute son importance pour la suite.

La deuxième semaine, c'est le procès de l'évasion. Plus spectaculaire, plus intense, plus dur. La grenade dégoupillée, la prise d'otages, les coups de feu… Nous revivons l'événement minute par minute. Sur le moment, tout est allé tellement vite, mon esprit était tout entier dédié à ma mission et, jusqu'alors, je n'avais pas pris la mesure de tout ce qui s'est passé en si peu de temps. Le déchaînement de violence, les blessures infligées aux policiers, les traumatismes…

Pour moi, c'est un moment difficile, comme une torture. Je peine à me reconnaître dans le tableau qui est fait de moi, je ne fais pas la maligne. Le grand écart est troublant entre la nature des faits et le visage que je présente aujourd'hui à la barre, confus et désolé.

Le procès s'étire. Chacun son rôle. L'avocat général multiplie les effets de manche. Les avocats livrent leur plaidoirie comme on joue une partition apprise à l'avance. Tout cela, c'est du cinéma. Rien à voir avec la réalité de ce qu'on ressent dans le feu de l'action. Au vrai, je n'écoute même plus. Mon esprit est ailleurs. J'attends que cela se termine. Tout ce que je veux connaître, c'est la sentence, pour pouvoir passer à autre chose et penser à la suite. Les jurés se réunissent pour délibérer. Le verdict tombe un peu plus tard : pour l'évasion, j'écope de cinq ans de réclusion criminelle. Réclusion criminelle, là encore. Au total, cela fait donc dix ans, soit cinq ans de moins que ce à quoi je m'attendais au début du procès. J'encaisse la nouvelle, je ne m'effondre pas ; je me prépare psychologiquement.

Les avocats tentent de me rassurer comme ils peuvent. Avec les remises de peine, la liberté conditionnelle, je ne ferai pas dix ans. Seulement voilà, si je suis considérée comme une simple complice pour les braquages, c'est que Jean-Charles était à la

À 3 ans, en 1956, chez mes parents, à Ardentes, sur la passerelle au-dessus de l'Indre. On voit déjà poindre mon caractère…

Novembre 1973, ma mère **Édith** nous rend visite dans le petit studio que nous louons avec Jean-Charles, sous une fausse identité, rue Vasco-de-Gama, dans le 15e arrondissement de Paris. Maman ignore alors tout de nos braquages. C'est Jean-Charles qui prend la photo. Trois mois plus tard, c'est ma première arrestation, après un contrôle de police boulevard Victor.

Le 28 février 1975, je me marie à la prison de la Santé avec **Jean-Charles Willoquet**, alors considéré comme l'ennemi public numéro un. J'ai été transportée en fourgon cellulaire avec mon chapeau blanc depuis Fleury-Mérogis où j'étais incarcérée. Derrière la grille d'un parloir d'avocats, la cérémonie a duré dix minutes. Dix minutes de bonheur. C'est maman qui avait tout préparé : ma tenue, celle de Jean-Charles, nos alliances.

Ci-dessous :
Derrière moi, ma sœur **Betty** et mon frère aîné **Gérard.**

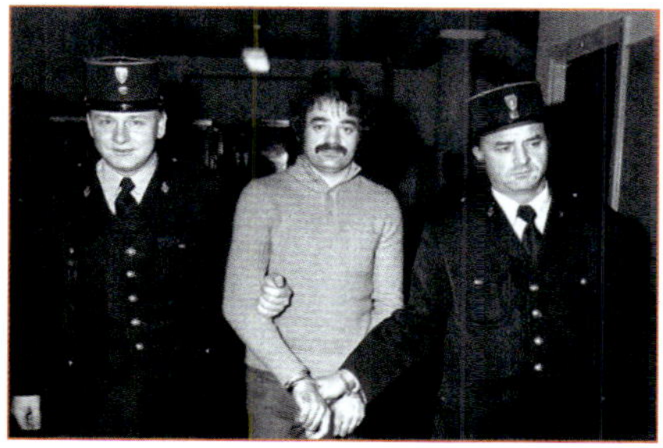

Le 2 décembre 1975, Jean-Charles est arrêté dans un appartement parisien par le commissaire Broussard. Il garde le sourire. C'est quelqu'un de très fier. Et puis c'est le jeu : il a joué, il a perdu, on ne va quand même pas pleurer.

Mars 1977, deux semaines de procès aux assises de Paris. La première pour les braquages, la seconde pour la prise d'otages au Palais de justice où, déguisée en avocate, grenade à la main, j'ai fait évader Jean-Charles. Lui a pris deux fois vingt ans, moi deux fois cinq ans. Ce procès a été éprouvant. On m'avait séparée de mon fils, on disséquait ma vie, tout ça me dépassait. Mais j'étais heureuse d'être à côté de Jean-Charles.

À gauche : Mon fils **William** est né le 25 juin 1976 à l'hôpital de la prison de Fresnes. On faisait nos promenades sur le toit… et sous la canicule. C'était très dur. Mais quel que soit l'endroit, l'accouchement reste pour une mère un moment merveilleux. J'ai eu si peur de le perdre.

Ci-dessous : Au quartier des nourrices à Fleury, en 1977, toute une aile réservée aux mères et à leurs enfants. Les cellules sont ouvertes le matin, on peut circuler dans le couloir, mais ça reste une prison. Une toute petite liberté dans la prison.

J'ai obtenu une grâce la veille de Noël, le 24 décembre 1978. Quelle joie de retrouver William et de marcher à ses côtés dans les rues de Châteauroux. Il avait 18 mois quand j'ai été séparée de lui. Pendant mon incarcération à la Centrale de Rennes, la prison des femmes, c'est mon petit frère **Johnny** et sa femme **Nadine** qui se sont occupés de lui.
En haut à gauche, Jean-Charles avec son fils. La dernière photo de William dans les bras de son père.

Cette photo de moi a été prise en prison, à Fleury-Mérogis, en janvier 1974. La décision de me séparer de mon fils a suscité une émotion dans la presse et l'opinion publique. Sur le moment je ne m'en suis pas vraiment rendu compte, mais c'est après que j'ai mesuré à quel point mon histoire avait touché les gens.

Les jurés de Martine Willoquet révoltés écrivent à Giscard

◆◆◆◆ *Suite de p. 1*

assesseurs, poursuivent-ils dans leur lettre, **nous étions persuadés que ce verdict entraînerait automatiquement la confusion des peines et que Martine Willoquet ne serait condamnée, en tout et pour tout, qu'à cinq ans ».**

nes, l'incarnation de la justice populaire. De cette mission, Claude Tosi, Thérèse Mauffré, Claude Becaert et Jacques Longuet ont été investis **et ils affirment que la justice s'est moquée d'eux, parce qu'ils sont des citoyens très ordinaires, que leur métier est d'être employé de banque ou conducteur d'autobus, mais pas ju-**

fut pas le cas pour Martine Willoquet. Le président et ses deux assesseurs, magistrats en robe rouge, eux, le savaient.

Vingt-cinq ans, une voix réfléchie et le ton mesuré, Claude Tosi est formelle : **« Nous estimions que cinq années suffisaient et notre préoccupation essentielle, dès lors, était que Martine Wil-**

Amour fou

Alors que son mari comparaissait en correctionnelle, Martine avait surgi, travestie en avocate, brandissant une grenade dégoupillée. Prenant deux magistrats en otages, blessant deux gardes, le...

peines qui lui ont été accordées, d'une libération conditionnelle au mois de décembre 1978. »

M. ULLMANN : je méprise ce genre de calomnies

M. Ullmann, interrogé par l'agence France-Presse, a déclaré qu'il n'avait *« rien à se reprocher et qu'il avait présidé les assises pendant dix ans sans qu'on lui fasse le moindre grief. » « Toute cette campagne est orchestrée,* a-t-il ajouté. *Cette lettre n'est*

EXCLUSIF Des jurés du procès de Martine Willoquet accusent : « Nous avons été trompés »

pouvaient encore justice ne les ont pas

France-Soir

président ...ique que s'adressent aujourd'hui les juges populaires.

...ant William va être ...sa mère. Celle-ci va

JUSTICE

Aucune procédure ne permet de revenir sur les condamnations de Martine Willoquet

M. Valéry Giscard d'Estaing a reçu la lettre de quatre des neuf jurés du second procès de Martine Willoquet, estimant « avoir été trompés » lors des délibérations...

« Après le rejet du premier recours en grâce, ajoute la direction des affaires criminelles et des grâces, le jeune William Willoquet devra être confié à ses grands-parents. Mais Martine...

Le temps a passé et j'ai reconstruit ma vie loin de ces années mouvementées. Je suis rentrée dans une vie normale, ordinaire. Je me suis mariée avec **Bruno**, un journaliste, en juin 1982, à la mairie de Châteauroux. Un mois plus tôt, le 13 mai 1982, Anne était née. Sur la photo, autour de nous, **Éric** et **Annie**, des amis proches qui étaient nos témoins de mariage.

Été 83, dans le Var. C'est là que les parents de Bruno avaient un mobile-home. On y passait toutes nos vacances. J'ai toujours aimé le soleil et la mer. La mer, surtout…

Sur cette photo, c'est comme si **Anne** me regardait... Elle a alors 18 ans. Elle est partie à peine un an plus tard, le 28 novembre 2001. Un terrible accident de voiture. Quelques mois après, elle aurait eu 20 ans. Anne et moi, nous nous ressemblions. Elle avait un caractère entier. Nos relations étaient plus que celles d'une mère et sa fille. Nous étions amies, complices. C'était très intense entre nous. Il n'y a pas pire dans la vie que de perdre un enfant.

C'est avec **Éric** que ma vie continue désormais. Je le connais depuis le début des années 2000 et nous nous sommes mariés en 2010. Il est né en Algérie et sa famille s'est installée, des années plus tard, dans l'Indre. Ensemble nous vivons une retraite paisible, entre le Berry et la Charente-Maritime.

C'était un rêve d'enfant : toute petite je voulais être épicière. Je n'aurais jamais pensé que ça passerait par une vie aussi hors norme, mais à 58 ans, j'y suis enfin parvenue ! Je tiendrai ma petite épicerie pendant huit ans, de 2011 à 2019.

Avec mon fils **William** qui, aujourd'hui, est artisan et père de trois enfants. Je suis fière de sa réussite.

Bras dessus bras dessous avec ma petite sœur **Betty**, en mars 2024, dans les bureaux de mon éditeur. Betty qui m'a toujours accompagnée, dans les jours heureux comme dans les épreuves. C'est ce qu'on appelle une relation fusionnelle. Parfois même, on nous appelle les jumelles.

Toute la famille rassemblée pour les 20 ans de Lana, ma petite-fille. C'est important la famille. Pendant mes années de braquages et de prison, mes parents ne m'ont jamais abandonnée, ni jugée. Plus tard, William a été d'un grand secours quand j'ai perdu Anne. Je crois qu'on peut dire qu'on est une famille soudée, et ça a été pour moi une chance.

(De gauche à droite : **William**, **Marine**, **Éric**, **Martine**, **Maï-Lan**, **Nolhan**, **Lana, Dylan.**)

Il y a quelques années, je me suis offert un mobile-home sur l'île d'Oléron. C'est mon petit paradis. Aujourd'hui, j'essaie, malgré des douleurs qui restent vives, de goûter au mieux l'instant présent au milieu des miens. Le passé ne disparaît jamais vraiment. Il nous accompagne pour le meilleur et pour le pire. C'est une idée avec laquelle il faut accepter de vivre.

manœuvre. Par un effet de vases communicants, il encaisse une partie de la peine qui aurait pu m'être infligée. Il est condamné à vingt ans de prison, plus cinq ans pour l'évasion. Sans attendre, les policiers nous passent les menottes et nous écartent l'un de l'autre. Avant de nous quitter, nous nous disons au revoir comme nous pouvons ; c'est à peine si nous pouvons échanger un dernier baiser…

Dans le fourgon qui me ramène vers la prison, je suis soulagée. Voilà, c'est fait, c'est fini, c'est derrière. Maintenant, je sais à quoi m'en tenir. Surtout, je vais pouvoir retrouver mon fils que je n'ai pas vu depuis deux semaines. Puis, très vite, je suis rattrapée par le poids de la condamnation. Désormais, la prison fait partie de mon existence. Pour les dix prochaines années, j'y serai. Pour les vingt prochaines, je serai liée à elle, d'une manière ou d'une autre. Me voilà séparée de l'homme que j'aime, du père de mon fils, peut-être pour toujours. Bientôt, je serai séparée de William. Car la loi veut qu'au bout de quinze mois un enfant né en prison soit placé à l'extérieur. J'imagine tout ce que je vais rater de la vie de William : les premiers pas, la première rentrée, les goûters d'anniversaire. Y penser est un déchirement.

Alors que le fourgon me ramène en enfer, un scandale judiciaire s'apprête à éclater. À la fin du procès, les jurés boivent des coups dans une brasserie où se croisent avocats, juges et forces de l'ordre. Les jurés trinquent avec mes avocats. Pour les jurés, c'est une évidence : mes deux peines ont été jointes pour n'en faire qu'une seule, d'une durée de cinq ans, forcément. Ce n'est pas un détail. La loi l'exige : au bout de quinze mois, un enfant ne peut rester derrière les barreaux. Alors ils s'imaginent qu'avec les remises de peine, je serai bientôt dehors sous libération conditionnelle. « Voyez, lance l'un d'eux, on ne lui retirera pas son enfant pour Noël ! » Ah ! ils sont fiers de leur coup de maître. Et pour cause : ils se sont assurés de la justesse de leur raisonnement auprès du président de la cour d'assises. Mais oui, bien sûr, les peines sont commutables, leur aurait-il répondu.

Petite parenthèse de droit : pour que deux peines se fondent en une seule, il faut que l'une d'elles soit une peine d'emprisonnement ; or mes deux condamnations sont des peines de… réclusion criminelle. Pour le dire clairement, les miennes s'additionnent, d'où les dix ans de prison. Sans tarder, les avocats demandent une confusion des peines. Les jurés sont remontés, ils estiment avoir été piégés par le président pour étirer ma peine de prison, ils ne comptent pas en rester là. Ils lancent une pétition pour demander une grâce présidentielle. Le ministère gèle le calendrier judiciaire pour étudier la demande, refusée.

Dans les pages de *Libération*, plusieurs jurés signent une tribune pour en remettre une couche sur le juge qui les a induits en erreur. Mieux, ils en appellent au président de la République Valéry Giscard d'Estaing pour que le petit William puisse rester auprès de sa mère. Les politiques s'emparent de l'affaire pour faire parler d'eux. À l'aube du premier tour des élections législatives, François Mitterrand s'en mêle. « La loi a été interprétée abusivement sans tenir compte du traumatisme que cela pouvait causer à l'enfant, alors que la conscience publique doit toujours défendre le droit de l'enfant avant toute chose », estime celui qui est alors premier secrétaire du Parti socialiste. Voilà donc ce qui se joue dehors. Moi, je suis cette affaire de loin, je peine à mesurer son ampleur. En prison, je reçois des lettres de soutien, même Jacques Brel m'écrit ! Ça fait drôle, ça surprend, ça fait plaisir. C'est ma vie, c'est tout, c'est difficile d'avoir un regard objectif sur son propre parcours, ce qu'il peut inspirer aux autres, ce qu'on représente à leurs yeux. C'est quand même un petit réconfort de se dire que, dehors, des gens pensent à vous et sont de votre côté.

Le scandale émeut la société, le temps presse, mais rien ne se passe. Le 4 mars 1978, j'ai rendez-vous avec ma famille au parloir. Une nouvelle demande de libération conditionnelle vient d'être rejetée.

Comme d'habitude, je passe la fouille, j'arrive avec William et j'embrasse mes proches à travers la vitre. Comme d'ordinaire, à la fin du parloir, une surveillante emmène William de l'autre côté de l'Hygiaphone pour que la famille puisse le prendre dans les bras. Je fais coucou à William, je fais un signe à ma mère et à ma sœur, je les embrasse de loin.

— À la prochaine !

Dans une petite pièce, elles s'occupent de lui. Moi, j'attends, j'attends, j'attends. C'est un peu plus long que d'habitude, mais pourquoi pas… Quand la surveillante revient, elle est seule. Sans commentaire, elle m'invite à rejoindre ma cellule. Euh… pardon ? Et William ?

— Votre famille l'a récupéré : à partir de maintenant, ce sont eux qui vont s'en occuper.

Un silence.

Cette fois, je m'effondre. Alors là… je ne réponds plus de rien. Je veux tout casser, je me roule par terre. Je ne sais pas si mes proches m'ont entendue, mais j'ai hurlé. J'ai hurlé de toutes mes forces. J'aurais voulu tuer les surveillantes, la directrice, tout le personnel de la prison. L'impression que le sol vient de se dérober sous mes pieds. Quelque part, je savais que cela arriverait. Mécaniquement, mes demandes de liberté conditionnelle étaient rejetées. La date se rapprochait, mais je refusais de croire que la justice puisse être si froide. D'ailleurs, si on m'avait prévenue, si on m'avait dit d'aller au parloir pour revenir sans mon fils, je n'y serais jamais allée. Alors je vois la logique froide qui consiste à ne rien dire, je crois même que je comprends cette idée du silence. Je n'ai même pas pu dire au revoir à mon fils. Pas la peine de retourner la question dans tous les sens, il n'y a pas de manière humaine d'arracher un enfant à sa mère.

11.

À la violence s'ajoute la violence. À peine ai-je perdu mon enfant que je suis renvoyée en prison. Pas le quartier des nourrices, attention. Terminé les quelques douceurs de la maternité enfermée. Pendant mon absence, mes affaires ont été déménagées. Dans une cellule crade où l'enfer m'attend de nouveau. Celui d'une femme seule, celui d'une femme loin de son mari et, surtout, celui d'une mère prisonnière, séparée de son fils par la justice… Autant dire que je suis comme une lionne en cage. Pour me calmer, les surveillantes me filent des cachets. Je les accepte pour m'assommer de fatigue, oublier mon chagrin et tenter d'éteindre mon désespoir. En moi, j'emmagasine de la haine, de la colère, de la rage… tout ce qui me permet de garder la tête haute. Le pire, c'est que ça m'aide à tenir. Si je me résigne, ils auront gagné. Alors je ne me laisserai pas faire, je ne leur concéderai pas cette victoire. Intérieurement, je suis détruite, mais je ne le montre pas, j'ai une fierté, et, à ce stade de déshumanisation, c'est peut-être la seule dignité qu'il me reste.

Au fond de ma solitude, mon seul réconfort est que William se porte bien. Il vit avec ma famille, il n'est pas placé à la DDASS, il découvre le monde, le vrai. Avec toutes les choses qu'il n'a jamais vues jusqu'alors. Son alimentation s'améliore. Derrière les barreaux, c'était choquant : quand les petits commencent à manger, leur repas du dimanche, c'est un œuf dur écrasé avec du riz à l'eau, sans beurre, sans rien. Pour compenser, j'avais toujours des gâteaux cantinés, je le nourrissais comme ça. Dehors, il vit mieux qu'en prison, c'est sûr. Mais c'est un réconfort chargé d'une autre violence, plus sournoise : tout est fait pour le convaincre qu'il est mieux loin de sa mère. Pour l'heure, je sais qu'il va bien et je sais aussi que je le retrouverai un jour, même si j'ignore quand. J'essaie de ne pas trop y penser. Si tu penses à l'extérieur, tu t'effondres.

La routine carcérale reprend. Les promenades, les activités, le défilé du courrier. Désormais, je partage ma cellule. Les premiers temps sont difficiles, je ne suis pas d'humeur à faire amie-amie. Pourtant, je finis par sympathiser avec ma codétenue. Elle s'appelle Sylvia. C'est une grande blonde, une femme de truand, elle faisait des petites escroqueries, surtout contre des personnes âgées. Mais je ne suis pas là pour juger. Contrairement aux autres détenues, je la trouve intéressante. Drôle, ce n'est peut-être pas le mot, mais elle est vive et pleine d'esprit. Elle sait écouter, elle a de la conversation. Je ne sais pas pourquoi, mais je me reconnais un peu dans sa mentalité. Pendant cette période, elle se montre d'un grand soutien. Au parloir, elle rencontre même ma sœur. Un jour, Sylvia est libérée de prison. Je suis heureuse pour elle. Nous échangeons nos coordonnées et nous promettons de nous revoir de l'autre côté.

Natacha, la visiteuse de prison, continue à me rendre visite. Elle ne m'a jamais lâchée. Plus tard, à ma sortie de prison, je suis allée la voir. Chez elle, elle m'a servi un petit verre de vodka et m'a confié qu'elle était déçue, parce qu'elle donnait toute son énergie pour accompagner de très nombreuses détenues, mais qu'une fois qu'elles étaient dehors, elle n'existait plus pour elles. Des gens comme Natacha, il n'y en a pas beaucoup sur Terre. Dans ces heures sombres, je me trouve des compagnes d'infortune, des femmes qui ne me laisseront pas tomber et que je n'abandonnerai pas. Elles seules peuvent comprendre mes pensées, mes joies et mes douleurs. Un langage indicible nous lie. Une solidarité aveugle existe entre nous. Des fils invisibles nous attachent les unes aux autres…

Trois ou quatre mois après mon retour en prison, je suis transférée à la centrale de Rennes. Là, c'est la prison, la vraie de vraie. Pire que l'enfer. Les cellules sont sales. Un coup de peinture a été passé à la va-vite pour nettoyer un peu. Quand tu passes d'une prison à une autre, on te retire tout. Tout ce que tu avais réussi à accumuler pour améliorer tant soit peu ton cadre de vie – tes vêtements, tes livres… –, à la poubelle. Tu te retrouves comme toutes les autres détenues, en tenue de bure et en sabots, voilà. Le seul avantage dans cette prison, c'est qu'on a droit à des parloirs libres. Adieu les Hygiaphone. Dans une grande salle, je peux enfin retrouver ma mère, ma sœur et Sylvia, les prendre dans mes bras, les embrasser. Elles m'offrent des fleurs et des gâteaux que j'ai le droit de rapporter dans ma cellule. Un maigre réconfort.

Pour le reste, c'est crade, lugubre, mortifère. Si tu n'as pas de caractère, tu t'effondres, tu n'es plus rien. À Fleury, t'avais pas mal de choses pour t'occuper : le salon de coiffure, l'esthéticienne, une salle de sport, les artistes de passage. À Rennes, tu n'as que des ateliers de travail, quasiment obligatoires. D'abord, on me met d'office à l'atelier couture. Le cauchemar. Je dois faire des draps pour l'armée et les hôpitaux. Comme j'ai de la suite dans les idées, je sabote volontairement le boulot pour être placée ailleurs : hors de question de rester ici. La stratégie fonctionne, mais je suis envoyée à un atelier plus infernal encore : les plumes de poule. J'explique : la prison reçoit des paquets de plumes de poule auxquelles des morceaux de peau sont encore accrochés. Nous, on doit nettoyer les plumes, arracher la chair pourrie, avant que la marchandise soit envoyée à des cabarets de french cancan. L'horreur. Pour y échapper, je fais exprès de m'abîmer les mains et fais croire que j'ai un problème d'allergie. Hop ! on m'envoie à l'atelier Yves Rocher, où on fait des petites pochettes cadeaux avec des échantillons de parfum. C'est propre, ça sent bon, ça me convient tout à fait, même si on est payées une misère. À peine de quoi pouvoir cantiner…

Pendant ce temps, à l'extérieur, le scandale des jurés se poursuit. Je suis tout cela de très loin, j'essaie même de ne pas trop y penser. Quand t'es derrière les barreaux, c'est l'espoir qui te consume à petit feu.

Les années passent et je me coupe du monde. En prison, tu n'as pas le choix : si tu t'accroches à la vie extérieure, tu ne t'en sors pas. Tu dois accepter d'être dans un autre monde, un lieu ailleurs, où il n'y a rien à part ta force d'endurance. Quand tes proches te rendent visite, tu es contente, sur le coup. Une fois qu'ils sont partis, c'est pire. Les voir quelques minutes avant de te retrouver seule de nouveau, cela te ramène à tout ce que tu as laissé derrière, à tout ce temps perdu qu'on ne rattrape jamais…

Au bout de trois ans, le 24 décembre 1978, une bonne nouvelle me prend par surprise. Dans la prison, les filles crient mon nom par la fenêtre. Une nouvelle vient de passer à la radio, la mienne ne fonctionne pas, je ne sais pas de quoi elles parlent.

– Martine ! hurlent-elles. T'es libérée, t'es libérée !

– Non mais, arrêtez de délirer, réponds-je. C'est des conneries !

Un peu plus tard, un curé vient pourtant me voir dans ma cellule.

– Martine, vous bénéficiez d'une grâce présidentielle, vous avez votre liberté conditionnelle, vous sortez demain matin.

Alors là, je peine à réaliser. Je ne percute pas tout de suite. Dans ma tête, c'est soit une erreur, soit une blague de mauvais goût. J'ai appris à me méfier des bonnes nouvelles. Depuis un certain temps, on me refuse tout et, comme par magie, je serais soudain libérée ? Tu parles ! Si c'est une farce, c'est cruel – même si en la matière, j'ai connu pire. Mais les surveillantes arrivent à leur tour me dire de tout ramasser et de préparer mes affaires. Cette fois, ça se précise, mais je ne baisse pas la garde, sait-on jamais. La dernière nuit est longue. Tu attends, tu attends, tu attends. Tu es prête bien avant l'heure du départ, mais on continue de te faire attendre, c'est la prison jusqu'au bout. En partant, je voudrais laisser un maximum de choses pour celles qui viendront après et qui n'ont rien, mais je suis obligée de tout embarquer, c'est la règle. Jusqu'au bout, je me méfie, je peine à y croire, je pense qu'on va me jouer un tour. Une gardienne va forcément se rendre compte qu'il y a eu une erreur et me renvoyer dans ma cellule.

L'heure venue, les surveillantes me guident à travers les couloirs. Comme des journalistes sont plantés devant la prison, la directrice demande à son mari de me faire sortir avec sa voiture personnelle en passant par l'arrière de la prison. Les photographes ont attendu pour rien, je sors par la petite porte. La voiture m'amène à la gare. La prison m'a réservé une place dans un train pour Paris. Je monte, direction la gare Saint-Lazare. Dans le train, je suis complètement perdue, je navigue à vue et me demande si je vais soudain me réveiller et me retrouver dans ma cellule. Tout me paraît irréel. Pourtant, je suis libre. Ça y est, c'est fini.

Comme rien ne se passe jamais comme prévu dans mon histoire, mes retrouvailles avec ma famille n'ont pas lieu. À la gare Saint-Lazare, mes parents me cherchent partout, demandent même à faire une annonce pour me trouver, mais n'y parviennent pas. Moi, je suis chargée comme une bourrique avec tous mes cartons. Impossible de retrouver ma famille. Je sors pour voir s'ils ne m'attendent pas dehors. Là, mes nerfs lâchent, une digue se fend. Je m'assois sur mes cartons et me mets à pleurer. Un bonhomme vient me voir, gentil comme tout :

— Ça va, madame ? Vous avez un problème ?

— Ma famille devait venir me chercher, mais elle n'est pas là.

— Bah ! venez, je vais vous emmener.

Étant donné mon paquetage, il a dû comprendre que je n'étais pas une voyageuse comme les autres. Vingt minutes plus tard, il me dépose à la gare d'Austerlitz. Mais mes parents sont déjà partis. Décidément…

Mais je ne me laisse pas abattre, pas maintenant. Je prends le premier train pour Châteauroux, j'arrive dans l'Indre, je me débrouille. Comme ma famille est venue me chercher en voiture, j'arrive avant elle. Je finis par la retrouver dans un hôtel-restaurant à Ardentes. Tout le monde est là : mes parents, mes frères, ma sœur et… William.

Les retrouvailles sont joyeuses, mais empreintes d'une forme de tristesse vague. Quand je m'approche de lui, mon fils a un mouvement de recul. Pas tout à fait un rejet, je ne peux pas dire cela, mais une forme de blocage, comme si ma présence lui rappelait soudain sa vie avec moi, derrière les barreaux. Chaque fois que je le prends dans mes bras, il se tourne toujours vers mon frère ou ma belle-sœur. Il doit avoir peur que je le ramène d'où il vient. C'est un pincement au cœur, douloureux, difficile à vivre. Il me faudra du temps pour le réapprivoiser…

Le lendemain, le magazine *Paris Match* veut publier un article sur ma libération, mes retrouvailles avec ma famille et mon retour dans le monde réel. Leurs lecteurs ont suivi mes démêlés judiciaires comme un feuilleton. L'évasion, la naissance de William, son enfance, notre séparation… tout cela a été chroniqué dans les pages du magazine. Ma sortie de prison constitue le dénouement heureux de cette saga qui a fasciné la France. Alors pendant toute une journée, je me prête au jeu des photos. Dans les rues de Châteauroux, le photographe me donne des consignes et je m'exécute comme une actrice, ou plutôt un bon soldat. Pour son objectif, j'incarne la femme heureuse de pouvoir enfin retrouver son fils. Sentiment étrange que de jouer sa vie comme un personnage de cinéma. Je dois donner l'impression d'être en paix, enfin, et faire comme si tout était désormais simple, lisse et dégagé comme un ciel sans nuages.

Alors qu'au fond de moi c'est beaucoup plus compliqué. Mon corps doit désapprendre la prison et ce n'est pas facile. Il supporte mal ce passage brutal du monde carcéral au monde ordinaire. Sans transition, je passe d'une vie rythmée par les promenades, les activités, les cours, la messe, l'enfermement à une vie libre, un grand tout de sensations, de rencontres, de sollicitations et de possibilités. Pour survivre en prison, je m'étais coupée du monde extérieur, forcée à oublier ma vie d'avant ; j'avais rangé mes souvenirs dans un coin de ma tête et fermé à quadruple tour. Le pire, avec la prison, c'est que vous vous y habituez. Elle devient la routine. Elle s'immisce dans votre esprit, votre langage, vos gestes, pour ne plus en sortir : elle gâche vos relations, vous rend la vie impossible.

Cinq ans de prison et déjà, il me faut tout réapprendre. D'abord, il y a toutes les sensations englouties. Tes sens sont endormis, comme anesthésiés. En prison, je rêvais d'une belle pièce de bœuf. « La première chose que je ferai, c'est ça, me disais-je, manger un bon steak. » Et il arrive enfin. Je coupe un morceau, le porte à ma bouche, mâche, mais rien. Je ne réalise pas encore. Autour de moi, tout le monde se régale. Je ne dis rien. Je n'en ai pas encore conscience, mais des années de poisson pané, de ratatouille et de mauvaise dinde m'ont anesthésié le palais. Je me suis habituée à la nourriture fade, sans saveur. Tout a un goût de pierre.

Je finis mon assiette, amère. Je ne sais pas encore si j'aimerais manger de nouveau. Il y a des choses que je ne peux plus voir en peinture. Comme le pot de Ricoré jaune. Dès que je l'aperçois dans les rayons, je repars directement en cellule.

Je souffre de courbatures en permanence. Mes pieds n'ont plus l'habitude de fouler la route, les trottoirs et les pavés. Les bruits de voiture, le brouhaha dans les magasins, les tasses dans les cafés, le cliquetis des couverts, les conversations où les gens se coupent la parole ou essaient de parler plus fort que les autres... Tout m'agresse, tout m'est insupportable. Souvent, je quitte la table sans explications ; mon corps ne supporte plus le monde. Je dois rentrer, je dois m'enfermer. C'est à cela que je suis désormais habituée. Je suis physiquement dehors, mais mentalement toujours derrière les barreaux.

La vie ordinaire, c'est comme un muscle. On ne s'en rend pas compte mais fonctionner dans le monde, ça se travaille tous les jours. Quand on arrête, on oublie tout. Tu perds l'habitude de faire les choses. Tu ne sais plus comment te comporter en société. Plusieurs fois, dans mes premiers jours de liberté retrouvée, il m'arrive d'aller dans un magasin, de faire mes courses et de sortir sans passer par la caisse. En prison, on ne gère plus l'argent : on cantine, on commande, on reçoit, mais on ne touche pas à l'argent ; alors, il n'a plus de valeur à nos yeux. Évidemment, l'agent de sécurité me rattrape et me ramène à la caisse. Je me confonds en excuses, j'explique que je n'avais pas l'intention de voler. J'ai oublié les codes, mais celui-là, on ne manque pas de me le rappeler. C'est une petite humiliation. Une parmi tant d'autres.

En prison, on a le temps. On n'a que ça, d'ailleurs. La prison change ton rapport au temps et au monde autour. Dehors, il faut faire tout vite. Quand tu sors, t'es projetée dans un monde pressé, un monde bruyant, où chacun court comme un hamster dans une roue. C'est un choc. Une claque dans la figure. Dedans, pour te protéger, tu as appris à oublier le monde extérieur. Dehors, le monde extérieur revient à toi, il te submerge comme une vague. Ça fait mal à la tête, ça abrutit un peu, ça fait peur surtout. Tu te demandes si tu parviendras de nouveau à fonctionner dans ce monde. Pendant un certain temps, tu n'es pas sûre. La nuit, je dors mal, pire que d'habitude. Je fais des rêves, dans lesquels je me réveille pour m'apercevoir que je suis encore en prison. Alors en pleine journée, je me mets à douter : suis-je vraiment libre ou juste en train de rêver ? Sans cesse, je suis dans un état semi-somnolent, entre le rêve et la réalité, entre l'ordinaire et la vie carcérale.

Ça, c'est la première lame de fond. Ensuite vient la deuxième, moins frontale, plus insidieuse. Celle qui ne frappe pas tout de suite, mais se manifeste un peu plus tard, une fois que t'as retrouvé tes repères. Celle qui va tout faire voler en éclats quand tu penses aller mieux, celle qui va s'infiltrer dans chaque moment de ta vie. Cette deuxième lame de fond, c'est le regard des autres. Le jugement permanent. L'univers carcéral collé à la peau. Les gens chuchotent sur mon passage. Dès que j'entre dans un café, les conversations cessent brusquement. Je voudrais disparaître dans un trou de souris. Une fois, à Marseille, j'entre dans un magasin pour acheter des chaussures. Manque de chance, le vendeur me reconnaît. Tétanisée, je ne sais pas comment réagir. Crise d'angoisse. Je sors du magasin et je me sauve sans regarder derrière moi. Un autre jour, je suis au marché de Saint-Août et devant moi, je vois des petits vieux qui chuchotent : « Pchi pchi pchi… » Dès que j'arrive à leur niveau, ils se taisent. Je passe mon chemin. Ils reprennent. Je fais le tour du marché, les croise de nouveau et rebelote. La troisième fois, pareil. La quatrième, je m'arrête pile devant eux :

— Si vous voulez les détails de ma vie, je vais vous en donner, au moins vous saurez exactement de quoi vous parlez, au lieu de raconter n'importe quoi !

Ils ne disent plus rien, ils restent figés, comme si je venais de les changer en gargouilles.

Ce qui est dur, aussi, c'est de ne plus être la bienvenue à l'endroit où j'ai grandi. L'Indre ne veut plus de moi. Je suis *persona non grata*. Je ne peux pas louer un appartement ni acheter une maison ; en fait, je ne peux tout simplement plus résider dans la région. Mais c'est la même chose à Paris. Je suis rejetée partout. Au point que je commence à me dire : « Merde, personne ne veut de moi. Je vais finir par retourner en prison, au moins là-bas, je suis acceptée. » Cela ne m'étonne pas que les anciens détenus replongent le plus souvent : tout est fait pour qu'ils ne puissent pas se réinsérer.

Pour sortir sous conditionnelle, je devais avoir un travail, c'était une obligation. Mon avocat, maître Juramy, m'a déniché un employeur, il m'a aussi aidée à trouver un logement. Bref, il a été d'un grand secours. Je ne dirai jamais assez la chance que j'ai eue d'être soutenue une fois dehors. Il y a tant de détenus qui, quand ils sortent, n'ont plus rien – plus de toit, plus de meubles, plus de vêtements, mais surtout plus de famille ou d'amis. Avec un enfant sur les bras, tu peux vite être paumée de chez paumée. Le bon maître Juramy m'a donc présentée à l'une de ses connaissances, un certain Guy Jardin, un petit bonhomme à lunettes, patron d'une petite entreprise en banlieue parisienne. Il est super. Très speed – je l'appelle monsieur 100 000 volts. Il m'offre un travail de secrétaire. J'accepte.

Je découvre la vie de bureau. Arrivée à 9 heures. Pause-déjeuner à midi. Reprise à 14 heures. Fin de la journée à 18 heures, parfois à 19 heures s'il y a des réunions. Je m'occupe des rendez-vous, du courrier, des factures, des feuilles de paie. Je ne suis pas payée des mille et des cent, mais suffisamment pour subvenir aux besoins de mon fils. L'ambiance est agréable, les choses se passent bien, je m'entends avec la direction, le patron est cool. Ce n'est pas la vie rêvée – niveau adrénaline, j'ai connu plus intense –, c'est une vie imposée par la nécessité. Mais j'ai fait des choix et j'en assume les conséquences.

Souvent, mon passé sulfureux me rattrape, il aimante toutes sortes de propositions. Des projets très attendus au grand n'importe quoi. Par l'intermédiaire de mon avocat, des producteurs de cinéma m'approchent parce qu'ils voudraient adapter notre histoire à l'écran. Dans les rôles principaux, Johnny Hallyday et Miou-Miou. Pour moi, c'est un non catégorique. Johnny et Miou-Miou, et puis quoi encore ? Quelques mois après ma sortie de prison, le photojournaliste Jean Ker me propose d'écrire un livre sur mon histoire. Il vient me voir plusieurs fois dans mon appartement de Sartrouville, le courant passe, bon contact. Nous commençons le travail, mais je finis par abandonner en cours de route. Je ne suis pas encore prête… Plus étonnant, des hommes d'affaires me contactent pour me proposer de prendre la gérance d'une boutique de luxe. Je les rencontre lors d'un déjeuner à Aix-en-Provence. Ils me parlent très sérieusement de gérer une boutique Cardin, ou Dior, je ne me souviens plus. Leur grand projet : le nom de Willoquet en lettres géantes sur la devanture. À la fin du repas, ils me font signer le livre d'or du restaurant. Tout cela est très bizarre. Parfois, je suis quand même obligée de me pincer pour vérifier si je ne suis pas en train de rêver.

Vient alors la troisième lame de fond, plus brutale, plus vertigineuse, plus abyssale encore que les deux précédentes. Quelques mois après ma sortie de prison, tout retombe. La pression médiatique, l'attention des passants, le stress constant, la vigilance permanente et le grand vertige du retour à la vie… tout cela s'estompe peu à peu.

Du jour au lendemain, c'est le contrecoup, comme si on m'avait débranchée. Littéralement, c'est une dépression. Une grosse. Physiquement, je suis constamment épuisée. Mon corps ne répond plus, mon esprit est ailleurs et nulle part en même temps, toutes mes idées sont noires. Je n'ai plus le goût de vivre, je n'ai plus envie de rien, je ne vois plus d'horizon. J'ai des comportements incohérents : j'entre dans un magasin de vêtements, j'y reste trois heures, j'essaie tout et je n'achète rien. Je passe devant une pâtisserie et j'achète douze gâteaux. La nuit, je ne dors plus, mais alors plus du tout. Les semaines passent et je me change en zombie, je ne suis plus moi-même. Pour me guérir, ma mère me conseille de faire une cure de sommeil. Sans trop savoir dans quoi je m'aventure, je l'écoute. Grand mal m'en prend.

J'entre à l'hôpital de Colombes pour une cure de sommeil de un mois. Je rencontre le professeur responsable du programme, un marchand de sable en blouse blanche. Je m'installe dans ma chambre et suis aussitôt mise sous perfusion. Dès lors, je ne vois plus la couleur du jour. J'ai l'impression de dormir et de ne jamais me réveiller. Pendant ces trente jours, ils s'occupent de mon subconscient. Ils me vident le cerveau. Ils me posent des questions dans mon sommeil pour évacuer mes idées noires et mes mauvais souvenirs. Sauf qu'ils chassent aussi les bons. Des images tendres de moments avec Jean-Charles, avec ma sœur, avec mes frères, notre séjour en Espagne… disparues dans les limbes à tout jamais. J'oublie beaucoup de choses, il me faudra des années pour glaner des bribes des meilleurs moments de mon existence. Aujourd'hui, je le regrette profondément. Au bout de un mois, ils me réveillent et me font sortir pour me réhabituer progressivement au monde, aux bruits, etc. Encore une fois, il faut tout reprendre depuis le début – un peu comme à ma sortie de prison, en fait. Le risque, c'est que cela ne s'arrête jamais, comme une spirale.

J'obtiens enfin le droit de retourner dans l'Indre. Je quitte mon travail à Paris et je retourne sur ma terre natale. Au départ, je vis chez mon père. À presque 30 ans, ça fait mal. Je me dégote un boulot de secrétaire, encore une fois. Je travaille pour une petite boutique d'aménagement de cuisines, salles de bains, cheminées. Le patron me fait confiance. Parfois, il me donne les clés de la boîte, s'en va pêcher et me laisse gérer. J'aime bien. J'apprends même à faire des plans de cuisine. C'est sympa, mais on ne va pas non plus en faire toute une histoire…

J'ai beau me débattre pour laisser la prison derrière, elle fait toujours partie de mon quotidien. Sans cesse, j'avance comme un funambule entre ma vie d'ex-détenue et ma vie de femme de détenu qui me lie encore à l'univers carcéral. Tous les week-ends, je prends la voiture, j'attache William dans son siège auto et on fait un tour de France des centres pénitentiaires, au gré des transferts de Jean-Charles. Je prends un hôtel pour la nuit et nous allons le voir le samedi et le dimanche. La route, les hôtels, les parloirs, une heure avec son père et *ciao*. Super. La vie d'une femme de détenu. Le problème, c'est que c'est aussi ma vie de mère. Surtout, c'est la vie d'un enfant. Un jour, pendant que je parle avec Jean-Charles, les surveillants l'occupent au parloir :

— Et toi, mon petit Willy, tu veux faire quoi plus tard ?

— Gangster, comme mon papa.

Ça me fait mal au cœur d'entendre ça. Après tout, son parrain s'appelle Jacques Mesrine. L'avons-nous prédestiné à une vie du mauvais côté ?

Pendant ce temps, Jean-Charles ne pense qu'à une chose : nous rejoindre. Un samedi, je le retrouve au parloir de la prison de Clairvaux. Dès mon arrivée, je vois une étincelle au fond de son regard. Je la connais bien, cette étincelle, je l'ai vue si souvent. La dernière fois, elle m'a poussée au bord d'un précipice, une grenade à la main et deux flingues sous la robe. Je sais ce qui se joue dans sa tête, je devine ce qu'il mijote, je sais ce qu'il attend de moi avant même qu'il me le dise. Il se penche, fait attention à ce que les surveillants n'entendent rien et me révèle son plan, que voici.

Il faut que je prenne des cours de pilotage d'hélicoptère. Ensuite, je dois prendre un pilote en otage pour l'obliger à survoler la prison, se poser dans la cour et…

Non.

Tout de suite, je dis non.

Ma voix, mes yeux et mon cœur le disent.

Non. Non. Non. Je n'irai pas.

Je laisse cette vie comme j'y suis entrée. De mon plein gré. À partir de maintenant, c'est terminé.

TROISIÈME PARTIE

12.

C'est fou comme un mot peut faire basculer une vie.

À la seconde où je dis non, quelque chose se brise. Tout bascule. De l'autre côté de l'Hygiaphone, Jean-Charles écarquille les yeux. Son visage se contracte, ses poings se serrent. Les pupilles se dilatent, les ridules creusées par les années se figent en un masque autoritaire, sévère et menaçant. En un instant, le ton monte. La voix se fait sèche. Les syllabes sont plus tranchantes. Il était sûr que j'allais dire oui. J'ai dit non. Son cerveau ne comprend pas. Il bafouille. Il s'énerve, il essaie de me persuader. Plus il insiste, plus il sent que je m'éloigne. Ma voix est assurée, je reste ferme, décidée. Regard droit, je ne cille pas. Son regard en proie au désarroi commence à s'éteindre. Il le sait, c'est perdu d'avance. Si je dis quelque chose, je ne reviens pas en arrière. Au bout de notre désaccord, un surveillant vient nous séparer. Les au revoir sont tendus et fragiles. Quand je quitte le parloir avec William, je le sais : une page se tourne, une histoire se termine et une vie s'achève. Pour moi, c'est le commencement d'une nouvelle existence.

Cinq ans ont passé depuis ce matin dans une chambre d'hôtel où Jean-Charles m'a demandé si je voulais partir ou bien rester. Cinq longues années de montagnes russes. Cinq ans plus tôt, j'avais choisi de rester, quoi qu'il en coûte, et s'il y a bien une chose que l'on peut me reconnaître, c'est que j'ai joué le jeu jusqu'au bout. Cette fois, je décide de partir. De nouveau, je fais table rase. Avec la même détermination, je prends mon destin en main. Entre ces deux moments, que s'est-il passé en moi ? À quel moment ai-je pris cette décision, au juste ? Était-ce au parloir, quand Jean-Charles m'a demandé d'apprendre à piloter un hélicoptère pour le faire évader ? Était-ce un instinct de survie, un choix froid, aveugle et raisonné ? Ou tout cela à la fois ? De telles décisions viennent de plus loin, forcément. Avec le temps, elles naissent, bourgeonnent, mûrissent en nous. Puis, quand se présente le moment de faire un choix, elles nous poussent à prendre un chemin plutôt qu'un autre. À ne pas refaire certaines erreurs. À souhaiter une vie différente. Suis-je la même personne que cinq ans plus tôt ? D'un côté, oui. Car je choisis ce qui m'arrive, je ne laisse personne me dicter mon sort. De l'autre côté, rien n'est plus pareil désormais. Cette vie sur la brèche, je n'en veux plus. Tant de choses ont changé en moi, toutes réductibles à un seul nom : William.

Maintenant, il y a un enfant dans ma vie. Je partage ma vie avec un enfant. Cet enfant, c'est ma priorité. Pour moi, rien ne compte davantage. Je veux être à ses côtés, l'élever, le voir grandir. C'est une révolution. Mon amour pour Jean-Charles n'a pas changé. Je continue de l'aimer, je suis vraiment amoureuse. Je suis prête à attendre le nombre d'années qu'il faudra : dix ans, vingt ans, trente ans… En revanche, j'ai du mal à admettre que Jean-Charles me demande de risquer de nouveau ma vie alors que j'élève notre enfant. Son fils. Mais je le comprends aussi, il est pressé de nous retrouver, il m'a protégée lors du procès… Pour autant, c'est non. Je ne peux plus rien faire pour lui. En tout cas, pas comme il l'imagine. Cela me paraît inconcevable. Jean-Charles n'est pas le seul à être déçu. Moi aussi, j'accuse le coup en me rendant compte brutalement qu'il n'a toujours pas réalisé à quel point la situation a changé. Il croyait avoir toujours la première place dans ma vie, mais non, maintenant c'est William, c'est notre enfant. Jean-Charles est passé au second plan et il a du mal à l'accepter. Quelque chose se brise entre nous.

J'ai maintes fois entendu que William finirait comme son père. Comme si son destin était déjà tout tracé. Mais je refuse ce fatalisme. Je vais me battre pour qu'il ne devienne pas comme ses parents, pour qu'il ait une vie normale, pour faire un pied de nez à tous ceux qui le mettent déjà dans une case. Le déclic se produit un jour où je viens chercher William à la sortie de l'école.

— Maman, me dit-il, mes copains et mes copines, c'est leur papa qui vient les chercher. Pourquoi je n'ai pas de papa qui vient me chercher ?

C'est à ce moment-là, je crois, que j'ai pris ma décision.

Au parloir suivant, j'annonce à Jean-Charles :

— Je veux refaire ma vie.

— C'est-à-dire, refaire ta vie ?

Son regard s'éteint, il a déjà compris.

— Je veux divorcer, lui réponds-je alors.

Les mois suivants, la relation se dégrade. Les parloirs sont plus nerveux. Quelque chose est cassé, inutile de chercher à recoller les morceaux. Pour me faire du mal, il me dit qu'il reçoit des lettres d'amour envoyées par des femmes à l'extérieur. Malgré cela, je continue à lui amener William tous les week-ends. Je ne cesserai jamais de le faire, je ne lui infligerai pas cette douleur-là. Quand j'ai un empêchement, ma sœur y va à ma place et il continue à voir son fils.

De son côté, Jean-Charles s'enferre dans son mauvais caractère. Son orgueil en a pris un coup. Il refuse de signer les papiers du divorce. Il va falloir ruser.

J'ai troqué les rades du milieu contre la cantine de la justice. Tous les midis, je vais déjeuner ou boire un verre dans un bar de Châteauroux, situé entre le tribunal et les locaux de *La Nouvelle République.* C'est un petit restaurant tout simple, du genre pension de famille, où j'ai mes habitudes et où tout le monde me connaît. Le personnel du tribunal vient y casser la croûte. Tiens, voici le juge qui suit mon dossier, on se dit bonjour, toujours sympa. Ah ! et Michèle, la fille retrouvée à Fleury-Mérogis, celle qui faisait un stage comme surveillante de prison : elle est maintenant employée au comité de probation du tribunal. Autant le confesser, je ne traîne pas ici tout à fait par hasard. J'ai besoin d'un coup de main de la part du juge. Lors d'un déjeuner, j'y vais franco :

— Je veux divorcer, mais Jean-Charles n'est pas d'accord.

— Il va bien finir par accepter, comme tout le monde.

— Mais il ne veut pas signer les papiers !

— Mais si.

Un temps. Puis :

— Je vais m'en occuper…

Une fois ma décision prise de refaire ma vie, je me cherche un homme. Un midi, toujours dans le même restaurant, je dis à ma copine :

— Le prochain qui passe la porte deviendra mon ami !

Bon, le premier à passer la porte n'est pas de la première fraîcheur – un peu trop âgé à mon goût. Le deuxième est un grand brun au teint mat, les yeux marron, beau garçon, un peu plus jeune que moi. Ma copine le connaît, elle nous présente. Il s'appelle Bruno. Il est journaliste pour *La Nouvelle République.* Rédacteur, pas reporter, corrige-t-il avec honnêteté. Il sait certainement qui je suis, pas besoin de lui faire un dessin. Tout de suite, on sympathise. On se voit une fois, deux fois, trois fois. Je lui dis que j'ai un enfant. Il me répond que ce n'est pas un problème et on ne traîne pas à se mettre ensemble. Ce n'est pas parce que j'ai choisi de me ranger que je vais ralentir la cadence. C'est simple, tendre, paisible… Bref, tout ce qu'il me faut !

Les choses vont vite. Très vite. Peu de temps après notre rencontre, je tombe enceinte. Pour changer de vie, je change du tout au tout. Pendant ma grossesse, je continue d'aller voir Jean-Charles. Neuf mois, dans le temps administratif, cela passe vite.

Ce qui va moins vite, ce sont les papiers du divorce. Jean-Charles s'obstine, il se braque. La fierté d'un homme, ce n'est pas rien…

Le 13 mai 1982 naît notre fille. Problème : je ne peux pas la reconnaître tout de suite, sinon elle portera le nom Willoquet, ce que je ne veux pas, pour elle et pour Bruno. Enlisé dans sa mauvaise foi, Jean-Charles fait mine de ne pas voir le problème. « C'est pas grave, elle portera mon nom », balaie-t-il. La situation se complique. C'est alors que le juge intervient. Il se déplace personnellement pour lui enjoindre de signer les papiers. Deux ou trois jours après la naissance, tout est réglé, le passé est derrière. Ma vie de criminelle est enfin derrière. Un horizon s'ouvre devant moi. Il porte un nom, celui de ma fille : Anne.

Un mois après sa naissance, Bruno et moi nous marions. En pleine semaine, en tenue normale et en tout petit comité. D'un mari truand, je passe donc à un mari journaliste : drôle de grand écart. Quand j'étais du côté des truands, Dieu sait combien je maudissais les journalistes. Mon deuxième mariage est un mariage de raison. J'ai eu une vie intense, l'adrénaline, l'argent facile, sans travailler. Maintenant, j'ai besoin d'une vie plus tranquille. Certes, ce n'est pas le coup de foudre, mais ce n'est pas plus mal. Dans l'amour, il y a des degrés différents. Le coup de foudre, on ne l'a qu'une seule fois dans sa vie – enfin, je crois. Mon coup de foudre, c'était Jean-Charles. Après, ce fut de l'amour autrement. Plus doux, plus calme, plus serein. Mais de l'amour quand même.

Nous habitons un petit appartement dans le vieux Châteauroux. Je travaille comme secrétaire, lui comme journaliste. Quand Bruno est embauché par *Le Havre libre*, nous quittons la région pour nous installer en Normandie. Les premiers temps, nous vivons dans le sous-sol aménagé de ses parents. Au bout de quelque temps, j'ai envie que nous ayons notre propre « chez-nous », et nous ne tardons pas à emménager dans un appartement du centre du Havre.

J'enchaîne les emplois. Pendant des années, je me retrouve à faire des démonstrations de jouets dans un hypermarché Auchan. Je change régulièrement, j'ai toujours aimé le changement. Je tiens quelques mois, j'analyse ma vie sur le moment et hop ! je bouge. C'est une manière de continuer, l'air de rien, à prendre des petits chemins de traverse. Après mon mi-temps à Auchan, je suis secrétaire de mairie. Comme je n'ai pas le droit de passer les concours pour devenir fonctionnaire, je ne peux pas faire grand-chose. Le maire me donne le poste, mais en vérité, je végète. Le reste du temps, je vis la vie d'une femme d'intérieur. Je m'occupe des enfants, du ménage, de la cuisine. Me voici dans la peau de madame Tout-le-monde. Cela ne m'attriste pas. Toujours la même logique, comme une boussole : j'ai choisi, donc j'assume. Si les dernières lignes de ce récit n'ont rien de passionnant, c'est normal : ma vie ne l'était pas à ce moment.

Le passé continue de frapper à ma porte à des moments inattendus. Une chanson de Julien Clerc passe à la radio, *L'Assassin assassiné*, sur la peine de mort, et je repense à toutes ces âmes maudites croisées derrière les barreaux. Un jour, j'écoute *Au bout de mes rêves* de Jean-Jacques Goldman, et je revois mes rêves réalisés, mais aussi tous ceux qui se sont envolés. Pendant un moment de creux au bureau, je revis un braquage avec Jean-Charles. Quand j'amène les enfants à l'école, je me souviens d'une course-poursuite dans les rues de Paris. Si je passe devant une boutique de luxe, je laisse traîner mon regard sur les robes hors de prix et, l'espace d'un moment, je me revois des années plus tôt, pousser la porte pour acheter tout ce qui me passait sous la main.

Les nuits où je ne dors pas, je revois nos départs sur un coup de tête pour l'Espagne, la Belgique, les Pays-Bas ; nos repas aux meilleures tables ; toute cette vie facile, si facile… En quelques mois, j'ai vécu des choses que certaines personnes n'auront jamais la chance de connaître dans toute une vie. Par contraste, la monotonie de ma nouvelle vie donne encore plus d'intensité à ce que j'ai vécu. Quelques mois comme une vie tout entière…

Soudain, je passe d'une existence sans compter à une vie où il faut tout compter au centime près. Les plaisirs sont rares. Au Havre, on se fait des petits restaurants, mais avec les enfants ce n'est plus pareil. L'été, on passe nos quinze jours de vacances dans le Var, où mes beaux-parents ont un mobile-home. Le reste du temps, il faut payer les factures, tout prévoir, tout organiser. La vie est une suite de contraintes, rythmée par de menus plaisirs. Il y a tout le temps de l'argent à sortir… alors qu'il met du temps à rentrer. C'est le jeu, vous me direz, c'est pareil pour tout le monde. Pour moi, la société est un moule. Rentrer dans le moule, cela veut dire apprendre à vivre dans un monde où tout est circonstancié par l'argent, subir son existence, être programmé pour payer tout le temps.

Se ranger, c'est aussi renoncer à une vie facile. Je ne dis pas cela pour me plaindre, mais pour tenter d'expliquer pourquoi tant de gens replongent dans la criminalité… Quand tu vis à l'hôtel, tu n'as pas besoin de payer les factures. Pour nous, le mot budget n'existait même pas. On avançait au jour le jour. Par rapport à mon passé, ma vie d'aujourd'hui est un déclassement. Et qu'est-ce qu'elle m'apporte ? Des factures à payer, des désagréments en cascade, un monde où tout fout le camp en permanence. S'il n'y avait pas tant de contraintes, chacun se sentirait mieux et on ne serait pas obligés de survivre comme des moutons. Je rentre dans le troupeau, mais je garde un esprit rebelle.

En 1981, Jean-Charles sort un livre intitulé *Tout ça pour être libre*. Troublante sensation à la lecture. Le héros, c'est lui. Bien sûr, s'il me met au second plan, c'est pour me protéger, alors je n'ai d'autre choix que de l'accepter. Je ne vais pas le corriger. Mais tout de même. Je suis comme une vignette dans sa vie. Une subordonnée. Toujours un peu à l'écart. Une image sans personnalité, sans caractère et sans esprit. Parfois, son récit n'a rien à voir avec la réalité. À mon sujet, il écrit ceci :

> Martine ne se sent vraiment aucune passion pour cette vie qui, chaque jour, nous fait côtoyer le danger. Mais son amour pour moi dépasse tout. Quoi que je fasse, quoi que je dise, c'est parole d'Évangile. Elle vit par moi, pour moi. Si demain, je lui demandais de mourir pour moi, elle le ferait.

Un autre détail me frappe, même s'il n'a rien à voir avec le crime. Si vous avez lu jusqu'ici, vous savez que je n'aime rien tant que la mer, les vagues et l'immensité de l'océan. Dans ses pages, il raconte ceci : lors d'un voyage en Espagne, j'aurais eu peur de sauter d'une falaise pour plonger dans l'océan.

Je ne sais pas ce qui déclencha une folle idée dans ma tête, mais toujours est-il qu'au bout d'un moment, je demandai à Martine si par amour, elle était capable de se jeter dans l'eau bouillonnante. Martine n'est pas bonne nageuse et de plus craint terriblement les vagues. Il n'y a guère qu'avec moi qu'elle osait s'éloigner du bord lorsque nous nous baignions. Aussi, je savais qu'en lui demandant cela, elle ne pourrait jamais le faire, mais je voulais voir sa réaction, ou plus exactement mesurer son amour pour moi.

Comme si l'amour pouvait se mesurer !

— Pourquoi me demandes-tu cela, chéri ? Tu sais bien que si tu le veux, je sauterai…

Il aurait alors insisté : « Saute, Martine, saute si tu m'aimes », écrit-il. Et j'aurais sauté, parce que je l'aime… N'importe quoi. Pas besoin d'un homme pour me jeter à l'eau. Il me ferait presque passer pour quelqu'un de docile. Je ne l'ai jamais été et je ne le serai jamais, il le sait. Là-dessus, il a fait fort.

Un peu plus loin, il vient me sauver de la noyade, évidemment, et il y a de quoi lever les yeux au ciel.

> Martine hurla : « Jean, Jean ? » Je la saisis sous l'aisselle et lui dis : « N'aie pas peur, chérie, n'aie pas peur, je suis là. »

Non, vraiment : il est drôle, son bouquin. Et tout est ainsi dans son histoire. À l'en croire, je n'étais qu'une jeune femme influençable aveuglée par mon amour pour cet homme romanesque, si romanesque… Parfois, je me demande : croit-il vraiment à ce qu'il raconte ? S'est-il persuadé lui-même de cette version des choses ? A-t-il perdu tout sens de la réalité ? Mais bon, il ne faut pas trop lui en demander. Mâle alpha il est né, mâle alpha il restera, personne n'est parfait. C'est quand même marrant, l'*ego* d'un homme. A-t-il une idée de la violence que c'est, de lire qu'on a été une virgule dans la vie de quelqu'un à qui on a tant donné ?

Le 27 décembre 1989, Jean-Charles sort de prison au bout de quinze ans de réclusion criminelle. Du temps a passé, il a maintenant 45 ans. Pour célébrer son retour à la liberté, il apparaît à la télévision. Son visage est émacié, son teint figé dans un gris pâle qui fait peine à voir. Sa moustache a disparu. La flamme qui habitait son regard est éteinte. « Le roi de l'évasion, le dingue de la gâchette, le truand flingueur », énumère une voix impersonnelle de journaliste. Le voilà qui rejoue l'une de ses prises d'otage dont lui seul avait le secret.

— Roule ou je te mets une balle dans la tête, lance-t-il au figurant qui joue le conducteur.

Il raconte même comment nos chemins se sont séparés au moment de mon arrestation.

— Martine m'a appelé, je me suis retourné, elle était par terre, j'étais sur elle comme ça, je me suis un peu baissé, deux secondes à la regarder, je ne savais pas quoi faire, je ne pouvais pas la prendre sur mon bras.

Du baratin. Pour les caméras, il incarne le retour à la liberté, je suis la seule à savoir à quoi il joue. Quand il hume l'air frais lors d'une balade en bateau-mouche sur la Seine, se promène dans les rues et savoure la première bouchée d'un plat délicieux au restaurant, je ne suis pas dupe. Je sais que cette bouchée n'a aucune saveur, le sens du goût étant anesthésié par des années de nourriture infecte ; et je connais l'amertume du retour à la vie normale. Personne ne le sait mieux que moi : il fait semblant, il joue un rôle.

Son passé est derrière lui, assure-t-il, loin derrière lui.

— Ce sont de longues années perdues pour des conneries. À aucun moment je ne me suis dit que c'était cher payé.

Surtout, il se présente comme un homme repenti. Un repenti modèle, même.

— Il y a des règles dans la société, c'est un cadre : si on en sort, il faut accepter les conséquences. Les conséquences, c'est la prison, la condamnation.

Il donnerait presque des leçons de droit. On le voit aussi rendre visite à l'une des jurés du procès, qui l'a suivi au fil de ses années en prison. À mesure que leur conversation avance, la vérité affleure.

— Je veux recommencer ma vie, commence-t-il. Je veux recommencer une vie complète, totale, repartir de zéro. Et repartir de zéro, c'est pas aller pointer au chômage. Je ne suis pas inscrit au chômage. Je suis sorti de prison, je devais m'inscrire au chômage, à l'ANPE, mais je n'ai rien fait. Je n'ai qu'un but, c'est partir. Je veux partir, je veux tirer un trait sur cette vie, sur ce passé. Alors c'est pas pour aller à l'ANPE toucher 3 000 balles...

— Non, non, coupe la jurée. Mais c'est pas le problème de toucher 3 000 balles, c'est simplement la Sécurité sociale, par exemple...

— Mais c'est pas possible ! Ça va durer trois mois, six mois, et après qu'est-ce que je vais faire ?

Elle est dubitative.

— Peut-être que c'est une manière de fuir. Mais si je fuis quelque chose, au moins je fuis mon passé.

Il veut l'autorisation de quitter le pays pour aller s'installer en Amérique du Sud. Pour le reste :

— Y a rien à regretter, j'ai payé pour ce que j'ai fait. Chacun pense ce qu'il voudra, mais je ne regrette absolument rien.

Ah ! et une dernière chose, pas des moindres :

— Après dix ou douze ans, l'homme se détruit, je ne vois pas comment on peut parler de réinsertion…

Sur son désir de réinsertion, j'ai du mal à le croire, j'ai des doutes, voire un sentiment plus troublant encore : il semble continuer d'écrire ce roman dont il est le héros…

Quelques mois plus tard, mon téléphone sonne. C'est lui. Je reconnais immédiatement sa voix. Entre nous, le lien s'est pourtant délité, il s'est remarié, moi aussi. Je n'avais plus de nouvelles. D'une voix à la fois autoritaire et vulnérable, il me demande de le rejoindre. Soudain, il revient me chercher.

— Mais je ne peux pas, lui réponds-je alors. Désolée. Je me suis remariée, j'ai les enfants, cette vie est derrière.

— Tu viens avec les enfants, rejoins-moi.

Il me dit qu'il a trouvé du travail, il me dit qu'on va enfin pouvoir vivre la vie dont on rêvait. Non.

Encore une fois, je lui dis non. Un silence au bout du téléphone.

Je lui dis que William viendra le voir une fois qu'il sera installé, je lui souhaite une vie heureuse et finis par raccrocher, la mort dans l'âme.

Après toutes ces années, il n'avait donc jamais abandonné notre rêve de partir nous installer ailleurs, sans comprendre cette évidence : pour nous, il était trop tard, notre histoire n'était plus qu'un fantôme du passé. C'est la dernière fois que nous nous sommes parlé.

Le 9 décembre 1990, la nouvelle m'arrive par l'intermédiaire de l'avocat : Jean-Charles est mort. Il a été abattu. Les détails tombent dans la presse. Vers 19 heures, en compagnie d'un complice, il se serait présenté comme un policier enquêtant sur des vols afin de pénétrer au domicile de la veuve d'un antiquaire, à Alençon, dans l'Orne. Des cris ont alerté le voisinage. Trois policiers ont débarqué en urgence. Les armes ont craché, pas de quartier. Un policier a été blessé. Dans la fusillade, Jean-Charles a été tué d'une balle dans la tête. La presse adore cette chute un peu pathétique : l'ennemi public numéro un finit agresseur de vieille dame…

Mais que s'est-il passé, au juste ? Après son départ, Jean-Charles est revenu en France pour se refaire. Un associé l'a mis sur cette affaire, ça devait rapporter gros. Ensuite, je pense qu'il est tombé dans un piège. Son complice a dû le donner aux flics pour négocier une remise de peine, ou quelque chose dans ce genre-là. Les policiers voulaient la peau de Jean-Charles, ils n'allaient pas le laisser s'en tirer comme ça.

— Je ne retournerai jamais derrière les barreaux, répétait-il sans cesse. Plutôt mourir.

Je pense qu'il a dû se laisser abattre. Avant de partir, il a dû sentir qu'il s'était fait avoir et que la fin approchait. Pour ce genre de choses, il avait un sixième sens. Je devais moi aussi sentir quelque chose. Je devais sentir que ça finirait comme ça. Que se serait-il passé si j'étais restée à ses côtés ? Serions-nous partis ensemble à tout jamais ? Serions-nous tombés ensemble ? Quand on choisit cette vie, il n'y a pas mille issues. C'est la mort ou la prison. Tel aurait été le sort qui m'attendait si je n'avais pas changé de vie.

Sur Internet, je retrouve cette vidéo du reportage filmé à sa sortie de prison. Quand je la regarde, une chose est claire : ce n'est plus l'homme que j'ai connu. Le Jean-Charles que j'ai aimé était un homme plein de vie, drôle, toujours en train de chercher l'intensité. Sur mon écran m'apparaît un type qui a baissé les bras, morose. Il n'avait plus la même force de caractère, il n'avait plus la même vitalité, il était éteint. C'était un homme brisé. Le temps, la prison, la fatalité l'avaient détruit. Je me sens un peu responsable de cela. Encore aujourd'hui, j'ai l'impression de lui avoir fait du mal en abandonnant les projets que nous avions ensemble. S'il était heureux, pourquoi m'aurait-il appelée pour que je vienne le rejoindre ? Il était resté bloqué sur cette vie qu'on avait eue ensemble. J'ai le sentiment de l'avoir un peu brisé, moi aussi. Sans le vouloir, sans pouvoir faire autrement, je lui ai fait du mal.

Aurions-nous pu avoir une vie normale tous les deux ? Je ne sais pas. Je pense qu'il aurait eu du mal à accepter la routine. Nous incarnions l'un pour l'autre la possibilité d'échapper à la normalité. Ensemble, nous avions besoin d'un rêve. Peut-être nous serions-nous un peu ennuyés. Peut-être n'aurions-nous jamais pu en finir avec la vie de truands. Peut-être est-ce mieux que ce soit resté un rêve. Parfois j'y pense. Quand Jean-Charles est mort, c'est une part de moi-même qui s'en est allée avec lui.

13.

J'ai toujours douté de la capacité de Jean-Charles à mener une vie « ordinaire ». Pourquoi ai-je réussi à changer et pas lui ? Pourquoi est-il mort et suis-je toujours en vie ? Si nous étions restés ensemble, peut-être aurait-il fini par se ranger. Avec William et moi, il aurait eu des fondations. Un soutien sans faille. Que lui restait-il ? Il avait une nouvelle femme, certes, mais pas de famille. Ses amis étaient partis, certains étaient morts, d'autres en prison. Il n'avait plus de but, plus d'horizon, plus de rêves. Honnêtement, si je n'avais pas eu un enfant, je serais restée à ses côtés. Je l'aurais attendu, je serais venue le chercher, j'aurais continué. Avec un enfant, non, je n'avais plus le droit. Mon moi n'existait plus. Ma vie, c'était mon fils. La situation avait radicalement changé. Mais au fond de moi, avais-je vraiment changé ?

Quelques jours après sa mort a lieu l'enterrement. Les avocats me préviennent, la presse sera là. Je n'ai aucune envie de recommencer, mieux vaut ne pas remettre une pièce dans la machine. Je ne me rends pas à ses funérailles, je ne veux pas y aller, je tourne le dos à l'événement. Je ne regrette pas, j'ai fait ce que je pouvais sur le moment… Pour mon fils, c'est plus dur. Il a 14 ans. Son père vient d'être abattu. Quelquefois, il est bien allé le voir au parloir. Ils ne se sont connus qu'à travers un Hygiaphone, c'est triste. Puis, quand Jean-Charles est sorti en permission, William est allé le voir, mais ils n'ont jamais eu de lien fort. Finalement, ils se sont peu connus ; ils n'en ont pas eu le temps.

La mort de Jean-Charles ne me replonge pas dans le passé. Pas du tout. Il m'arrive de repenser à des moments forts qu'on a vécus. Parfois, je revois la prise d'otages au tribunal. Si c'était à refaire, je ferais la même chose, mais je me débrouillerais pour avoir une plus grosse voiture et la garer moins loin. Ce que j'ai fait, peu de personnes auraient pu le faire, c'est vrai. Pour moi, c'était normal. Ou tout comme. En fait, je vois les choses de manière tout à fait pragmatique : je voulais retrouver mon mari, et pour le retrouver, il fallait en passer par là, il n'y avait pas trente-six solutions. Des années plus tard, d'ailleurs, une femme a fait évader son mari. En hélicoptère, d'ailleurs. L'idée a dû faire son chemin… C'est une vie si forte que je ne peux pas ne pas y repenser. Elle fera partie de moi jusqu'à mon dernier jour.

En attendant, la vie continue. Un travail en mairie, un autre au supermarché Auchan, je fais pas mal de petits jobs. Je me plie aux règles. On ne roule pas sur l'or, mais je suis comblée. William grandit, il s'affirme, il a un peu de mal avec les études, alors il faut le pousser, mais il est courageux. Plus il grandit, plus il ressemble à son père.

Dans ses gestes, dans son attitude, dans sa façon de se tenir, je reconnais Jean-Charles. Dans son caractère aussi. Le même. Pas facile, assez strict. Bon là-dessus, il tient aussi de moi, on ne va pas tout mettre sur le dos du père. Ado, il traîne mon passé comme un fardeau. S'il y a un problème à l'école, une bagarre, des dégradations, ça lui tombe toujours dessus. Tout ça parce qu'il porte le nom de Willoquet. Ça doit lui peser, mais il n'en parle pas. Il dit qu'il a fait de la prison. C'est de l'humour noir, mais c'est vrai. Pour moi, c'est un pincement au cœur, c'est à cause de moi qu'il a commencé sa vie derrière les barreaux. Pendant des années, il gardera avec lui un porte-clés qui lui rappellera le bruit de la prison où il est né et a passé ses premiers mois…

Physiquement, ma fille me ressemble. Elle a mon caractère, aussi. Elle est studieuse, je n'ai jamais besoin de m'occuper de ses devoirs. Mes enfants sont mon bonheur. Voilà, je mène une vie tout à fait banale, mais je suis heureuse. Évidemment, cela ne dure pas.

Chassez le naturel, il revient à l'heure de la crise de la quarantaine. Un sentiment de lassitude s'installe dans mon quotidien. Dans ma relation avec Bruno, dans le travail, dans la routine. Dans ma vie en général. Régulièrement, une angoisse me saisit, la même depuis toujours : alors ça va être ça, ma vie ? Au fond, peut-être qu'on ne change jamais vraiment. De nouveau, je ressens le besoin d'emprunter un chemin de traverse. En 1998, j'annonce à Bruno que je veux faire un break. Une manière de faire les choses en douceur. Pour le dire autrement, je veux une autre vie. Quelques mois plus tard, je lui dis que je souhaite divorcer. Il se montre très compréhensif. Il prend un appartement au Havre, je garde la maison.

Dans la journée, je travaille à la mairie. Le soir, je me trouve un boulot dans une discothèque. Je fais les after. Des chasseurs viennent casser la croûte dans le restaurant avec piscine. À 5 heures du matin, je fais les petits déjeuners, les steaks frites. C'est dur, mais ça me plaît bien. Je croise des jeunes et des moins jeunes. Je renoue avec cette vieille amie qu'on appelle la nuit. Il y a quelque chose de particulier dans la vie nocturne. C'est un monde parallèle où le temps n'obéit plus aux mêmes règles. Les masques tombent. Tu ne te prends plus la tête, tu oublies tes soucis, tu t'évades. Tout est plus libre, plus intense… plus vivant, en définitive. Toujours cette vie entre deux mondes.

Après le divorce, notre maison est mise en vente. Obligée de partir, je décide de retourner dans le Berry. Je m'installe dans la maison de mon père. Il est très malade, alors je reste à ses côtés jusqu'à ses derniers jours. Quelques mois plus tard, mon père meurt. Sa maison est mise en vente à son tour, alors j'emménage dans un petit appartement à Châteauroux.

L'histoire se répète-t-elle toujours ? De retour sur ma terre d'origine, je trouve un job dans les écoles, un autre dans un bar. Un soir, un homme pousse la porte du bar où je travaille. Il s'appelle Éric. Bel homme, il me plaît bien. Son physique, sa morphologie, son attitude désinvolte. Il travaille dans le béton. Très vite, on sympathise, on ne traîne pas à devenir amants. Je lui raconte ma vie, il me raconte la sienne. Il est né en Algérie. Quand sa famille est arrivée en France, ils ont habité à Marseille, Perpignan, puis ailleurs dans le Sud.

Surtout – et c'est là le plus surprenant –, c'est un ancien braqueur qui sort de vingt ans de prison. Pour moi, c'était quelqu'un de normal, rien à voir avec un truand. Et pourtant… Que faut-il en déduire ? Qu'il doit bien y avoir quelque chose qui m'attire chez ces hommes-là… En tout cas, s'il fallait encore une preuve qu'on ne change jamais tout à fait, en voilà une ! Cela dit, je n'ai pas l'intention de dévoiler son histoire. Par respect, je ne veux pas entrer dans les détails de son parcours, cela le regarde. S'il veut se raconter, il n'aura qu'à écrire un bouquin.

Quand nous commençons à nous fréquenter, il a encore quelqu'un. Il vient chez moi et moi chez lui. Telle quelle, la situation me convient, je ne demande pas plus. À la faveur d'un accident, les choses s'accélèrent. Un soir de novembre, je roule sur une route de campagne. Je suis dans ma 405 break et Éric me suit. Soudain, mon téléphone sonne, alors je me gare sur le bas-côté pour répondre. Il pleut. Éric n'a pas vu que je suis arrêtée. Boum, il me percute... Je suis bien abîmée, j'ai le crâne ouvert, trois côtes cassées, mais j'ai eu de la chance : j'aurais pu y laisser la vie... Je passe quelques jours à l'hôpital et Éric me propose de m'installer chez lui, dans un mobile-home. Ce ne sera pas pour tout de suite : comme rien n'est jamais simple, son ex finit par lui faire une scène de jalousie. Pendant quelque temps, Éric et moi prenons nos distances.

Mes enfants sont en Normandie, la maison de mon père a été vendue, alors pour la première fois de ma vie, je me retrouve à vivre seule. Cela ne dure pas longtemps. Rapidement, ma fille vient me rejoindre. Elle s'est séparée du petit copain avec qui elle habitait. L'année du bac, je l'inscris dans un lycée de Châteauroux. Elle ne s'y sent pas dans son élément et décide de continuer ses études par correspondance.

Après tout, elle a toutes les capacités, alors je n'y vois pas d'inconvénient. Nous vivons donc ensemble dans mon appartement de Châteauroux. Maintenant, elle me ressemble. Elle a la forme de mes yeux, mais l'iris de son père. Les mêmes cheveux que moi, le même teint mat, la même forme de visage. La même morphologie, aussi, alors on ne tarde pas à s'échanger nos fringues. Le même tempérament, le même parler direct. On se dit tout, on se confie l'une à l'autre. On est très complices, limite fusionnelles. Je suis sa mère, mais aussi son amie, sa sœur, sa confidente… En elle, elle porte la même rébellion que moi. Elle est très artiste, elle fait du piano, de la peinture. Elle est dans son monde. Par exemple, plutôt que de passer le permis, elle achète un cheval – elle monte depuis la petite enfance. En un mot, c'est une femme libre.

Plus troublant, Anne est fière de moi, fascinée par mon passé, aussi. Elle en parle beaucoup. À tout le monde. Elle me pose beaucoup de questions. Elle commence même à écrire un livre sur mon histoire. Au bout d'un certain temps, Anne veut partir habiter dans le Sud chez ses grands-parents, les parents de Bruno. Elle s'en va, elle a besoin d'un ailleurs et ce n'est pas moi qui vais le lui reprocher. La voilà partie, étape normale dans une relation mère-fille, mais c'est aussi un déchirement. Je comprends l'énergie qui est la sienne. Comme moi, elle est habitée par le désir d'une vie hors norme. Bref, il n'y a pas mille manières de le dire : c'est ma copie conforme.

Comme moi des années plus tôt, elle bascule du mauvais côté. Dans le Var, elle rencontre un garçon qui lui fait découvrir la drogue. Elle sombre. Elle prend des cachets, elle se met à fumer. Un jour, elle revient vers moi à Châteauroux. Ce copain, je ne le sens pas du tout. Un soir, en rentrant à l'appartement, j'entends des bruits secs et des éclats de voix. Il est en train de frapper ma fille. Alors là, si tu la touches... je me mue en furie et me jette sur lui.

— Arrête, ARRÊTE !

Les cris envahissent l'appartement, faisant trembler les murs.

— Dégage !

Je reçois des coups dans l'estomac. Anne et moi réussissons finalement à le virer. Je prends ma fille dans mes bras, je m'assure qu'elle va bien. Le calme revient doucement, remplacé par une douleur qui me prend au ventre. Je sais ce que c'est. À ce moment-là, je suis enceinte d'Éric, je suis au tout début de ma grossesse, je ne me sens pas bien, j'ai peur. Un peu plus tard, je fais une fausse couche. Ma fille me dit que c'est fini, elle ne veut plus le voir, la page est tournée.

Après l'incident, Anne décide de cesser de se droguer. Je l'emmène voir un médecin, qui lui prescrit un traitement pour l'aider dans son sevrage. Elle se montre forte, déterminée, pleine de bonne volonté. Peu à peu, elle remonte la pente. Elle continue ses études par correspondance, elle obtient son diplôme pour devenir secrétaire médicale, elle réussit tout ce qu'elle entreprend. La vie lui sourit. Un horizon de tous les possibles s'offre à elle…

Puis vient l'accident.

Le 28 novembre 2001, on décide de louer des cassettes pour une soirée films devant la télé. Pour Anne, tout va bien. Elle a rencontré un nouveau copain, un ami à moi. Pendant que je prépare à manger, ils prennent la voiture et s'en vont louer des films. La soirée avance et je ne les vois pas revenir. J'essaie de l'appeler, mais elle ne répond pas. Ça m'inquiète, elle est toujours ponctuelle et me tient toujours au courant, ce n'est pas dans son habitude de ne pas répondre.

Je n'ai plus jamais revu ma fille. Vers 20 heures, mon téléphone sonne. Au bout du fil, je reconnais la voix d'un ami :

— Martine, dit-il d'une voix faible. Anne a eu un accident…

— Où ça ? J'arrive tout de suite.

— Non, ne viens pas, elle va être transférée directement à l'hôpital.

J'appelle ma sœur, je fonce à l'hôpital, j'arrive. J'attends une éternité. Un premier brancard arrive, il transporte le copain de ma fille, il conduisait, il n'a presque rien. Puis, des infirmiers décident de m'enfermer à clé dans la salle d'attente. Pendant ce temps, les secours arrivent avec le corps de ma fille. La voiture a été percutée par un 38 tonnes, ils n'ont rien pu faire. Anne est morte sur le coup. Quand je comprends, je suis perdue. Un peu plus tard, je suis autorisée à la voir. Je hurle :

– C'est pas ma fille, c'est pas possible, c'est pas ma fille !

Alors que je suis au côté de ma fille, une femme vient me voir. Elle me demande s'ils peuvent récupérer ses yeux. Les yeux de ma fille. Je viens d'apprendre la mort de ma fille et cette femme me demande s'ils peuvent récupérer ses yeux. Je suis devenue folle, je suis devenue hystérique. Je crois que j'ai frappé cette femme. Je sais qu'Anne aurait été d'accord, mais moi non. Pas comme ça. C'était trop. Pendant ce temps, ma sœur a appelé mon fils qui était au Havre, il a prévenu tout le monde. La famille s'est retrouvée à l'extérieur de l'hôpital. Plus tard, ma sœur me dira que je me tapais la tête contre les murs. Je refuse de l'accepter, je tombe dans un autre monde, au-delà de l'inhumain. C'est ma vie qui est partie avec ma fille. Il m'est impossible de décrire ce qu'on ressent quand on perd un enfant, c'est tellement profond, tellement fort, plus fort que les mots. Encore aujourd'hui, j'ai du mal à en parler. Je préfère arrêter là.

14.

Longtemps, je pensais avoir tout vu, tout vécu. La belle vie, l'adrénaline, la prison, l'arrachement à l'homme que j'aimais, la perte de mes jumelles, la séparation d'avec mon fils, la mort de Jean-Charles… Je croyais être allée au bout de l'enfer, plusieurs fois, et en être toujours revenue. Le plus dur me semblait derrière, loin derrière. Mais non. J'avais tort. L'épreuve la plus insoutenable de ma vie se présente à moi : maintenant, je dois continuer à vivre en sachant que je ne reverrai plus jamais ma fille. Est-ce seulement possible ?

Entre l'accident et l'enterrement, je suis bien entourée. Je ne reste jamais seule. Ma famille m'enveloppe, mes amis aussi. Certains, Jean-Stéphane et ses deux frères, des gens très simples et très gentils, m'accueillent chez eux comme une sœur. Tous mes proches font corps autour de moi et m'empêchent de sombrer tout à fait. Pour cela, je ne les remercierai jamais assez. Et puis, peu à peu, tu sens que les gens ne savent plus quoi faire pour toi, ils ne savent plus quoi te dire. De toute manière, rien ne pourra te consoler, jamais. Personne n'est préparé pour supporter une telle douleur. Alors doucement, les gens s'éloignent, ils reprennent leur vie. C'est normal, je les comprends. C'est là que te guette l'effondrement.

Je sombre en dépression. Pour m'aider à tenir, un psychiatre me gave de médicaments. J'avale sans réfléchir. Petit à petit, je me transforme en légume. En voiture, je prends des sens interdits, je conduis, mais je suis ailleurs. Bref, cela devient dangereux. Progressivement, on arrête les cachets. Toutes les semaines, le psy m'accompagne pour m'aider à surmonter le drame, si tant est que ce soit imaginable. Un jour, il me parle de faire le deuil de ma fille. Ma réponse fuse : « Non, impossible. » Je bloque. Je ne comprends même pas qu'il me parle de cela. Faire le deuil, c'est tourner la page et je ne le ferai jamais, hors de question.

Après la mort de ma fille, je m'interdis plein de choses. Être de bonne humeur. Chanter. Danser. Porter du rouge, par exemple. Anne aimait le rouge. Alors plus de rouge, plus de vernis à ongles rouge, plus de rouge à lèvres, plus de robes rouges. Quand j'entends une musique qu'elle aimait dans un magasin, je m'en vais. J'élimine toute gaieté de ma vie.

Je n'ai plus le droit de sourire. Je m'interdis la joie. Je ne veux plus. J'envisage même de mettre fin à mes jours. C'est une injustice telle que je me dis que j'aurais dû partir à sa place. J'ai renoncé au suicide parce que j'avais mon fils. Grâce à lui, j'ai pu m'accrocher à la vie.

Pendant longtemps, j'ai porté ses vêtements, son maquillage. J'ai toujours culpabilisé, même si je n'avais aucune raison de le faire. C'est comme ça : tu es responsable de ton enfant. Alors je me suis sentie responsable, même si je n'étais pour rien dans son accident. Tu penses à toutes ces choses qui auraient pu se produire, son mariage, ses enfants, mais qui n'arriveront jamais. Ma fille parlait beaucoup de la mort. J'ai retrouvé des portraits de femmes qu'elle avait dessinés. Elles ont toutes les yeux fermés.

Je m'efforce de ne pas en vouloir au copain de ma fille. C'est la fatalité, ça ne sert à rien, ça ne la ramènera pas. Ça, c'est ce que je me dis, mais au fond de moi-même, il y a une haine que je ne veux pas reconnaître. Par la suite, j'en apprends davantage sur les détails de l'accident. Ma belle-sœur, qui travaille dans les assurances, m'explique. En fait, tout cela, c'était un jeu. Oui, un jeu, consistant à jouer avec sa vie. Voilà le principe : le jeu consiste à se mettre à un stop, attendre qu'un camion se présente et traverser au dernier moment pour narguer la mort. Par le passé, il avait déjà joué. Ce jour-là, il n'est pas passé, il a perdu et ma fille est morte. À cause d'un jeu. Ce n'est pas sa faute, c'est le jeu.

Un jour, je le croise à Châteauroux. Je m'efforce d'être aimable, mais il semble indifférent, froid, antipathique. Le ton monte, je me montre sèche comme je sais l'être. Au bout d'un moment, il me coupe :

– Attends, à t'entendre, on croirait que je suis responsable de la mort de ta fille !

Je pète les plombs, je deviens folle. Je ne peux pas entendre cela, je ne suis pas prête, je ne le serai jamais. Il a tué ma fille et il ne se sent pas responsable. C'en est trop pour moi. C'est le problème des émotions que l'on enfouit au fond de soi : elles macèrent, elles vous consument à petit feu avant de remonter à la surface pour mieux vous faire souffrir. J'en veux au monde, je lui en veux à lui et je m'en veux à moi-même. Je me sens toujours responsable de ne pas l'avoir assez protégée. Pourquoi lui ai-je présenté ce garçon ? Pourquoi l'ai-je laissée partir chercher des films ce soir-là ? Pourquoi ? Il n'y a pas de réponse.

Un mois après la mort de ma fille, en janvier, je m'installe chez Éric. On apprend à vivre ensemble, c'est un soutien de tous les jours, vital. Le jour, je travaille à l'école, et le soir, je suis au bar. Lui travaille comme chauffeur routier. Pour mettre du beurre dans les épinards, il fait un peu de trafic de haschisch. Cela le regarde, il fait ce qu'il veut, je m'en fiche. Pour être tout à fait honnête, je fume aussi, histoire de me détendre, m'assommer de fatigue et trouver le sommeil sans trop penser au passé. Au cœur de mon cauchemar, le sort s'acharne.

Un matin, on frappe à la porte.

Bam, bam, bam.

— POLICE, OUVREZ !

Il est 6 heures du matin… qu'est-ce qu'il se passe ?

Boum.

Ils défoncent la porte, retournent la maison de fond en comble, cherchent quelque chose, demandent où se trouve l'argent, où se trouve la drogue. Ça y est, j'ai compris. Oui, Éric revend un peu de haschich à ses potes, mais pas non plus de quoi en faire un Pablo Escobar. Pas la peine non plus de défoncer la porte – qui n'était pas fermée à clé, soit dit en passant. N'empêche que dehors, le périmètre est barricadé, la rue est bouclée, des policiers sont postés un peu partout. Pourtant, il n'y a que des champs aux alentours. Ils doivent se croire dans un film… Ni moi ni Éric n'opposons la moindre résistance. Je demande simplement à prendre une douche, le temps de me réveiller et de vérifier que je ne suis pas en train de rêver.

C'est reparti pour un tour. Perquisition. Garde à vue. Dans mon appartement de Châteauroux, ils trouvent une enveloppe pleine de billets : qu'est-ce que c'est ? Rien, c'est l'argent des calendriers que je vends au club de foot. Ils désossent ma voiture, mais ne trouvent rien. Pendant soixante-douze heures, les policiers ne me lâchent pas. Ils me soupçonnent d'être au cœur d'un réseau dont les tentacules s'étendent du sud de la France jusque dans le Berry de mon enfance. Ils me posent des questions et récoltent des réponses qui en sont à peine. Face à eux, ils ont une loque. Physiquement, je suis abattue, je ne suis pas dans mon état normal. Je viens de perdre ma fille. La seule chose à laquelle je pense, c'est d'aller la voir au cimetière le plus vite possible, c'est ma seule obsession. Le reste, je m'en fiche. Pour seule réponse, je leur sers ceci :

— J'en sais rien, je ne suis pas au courant, je ne sais pas…

Transfert au tribunal. En attendant mon procès, je suis placée en détention provisoire. Vingt-quatre ans après ma libération, retour à la case prison. Sans attendre, on m'envoie au Bordiot, la prison de Bourges. Je connais, je suis déjà passée par là dans mon autre vie. Je me souviens d'un centre pénitencier minable, crasseux, avec des rats qui courent sur les tuyaux de chauffage. Dans la voiture, les gendarmes tentent de me rassurer :

— Vous allez voir, ils ont tout nettoyé, ils ont fait du propre.

Quand je découvre la prison, je vois les mêmes couloirs sinistres, comme si les lieux avaient été laissés à l'abandon.

— Mais comment ça, elle a changé ? Elle n'a pas changé du tout !

— Si, si, vous allez voir à l'intérieur…

Les cellules sont un peu plus propres, des toilettes ont été installées, c'est déjà ça. Des années plus tôt, on avait encore droit au seau. Le temps a passé, tout semble usé par les années et pour moi qui suis déjà venue, cela ressemble à un mauvais voyage qui semble ne jamais s'arrêter.

Mon arrivée a lieu en pleine nuit. Comme je suis dépressive, le juge ne veut pas que je sois seule en cellule, alors je suis placée avec une autre détenue. Avant de m'installer dans une cellule crasseuse, je veux prendre une douche. Impossible, me répond-on, il est trop tard, le directeur est parti… Très bien, je m'assois par terre, furieuse :

— Je ne bougerai pas de là tant que je n'aurai pas pris ma douche.

Ils finissent par ouvrir les douches pour que je me lave avant d'entrer en cellule. Comme quoi, ils peuvent faire les choses, il ne faut pas se laisser faire, je sais comment marche la maison, je retrouve des vieux réflexes… Quand je regagne ma cellule, ma codétenue m'a tout préparé pour que je sois bien pour dormir.

— T'as vu ? J'ai fait ton lit, dit-elle.

— Tais-toi ! J'ai pas envie de parler !

Avec le recul, je me dis qu'elle n'y était pour rien, la pauvre… La prison est petite. À tout casser, nous sommes une dizaine de détenues. À Bourges, j'étais avec ma belle-mère, arrêtée elle aussi dans l'affaire de stups, on se retrouvait pour la promenade. Drôle d'ambiance. Cinq mois passent ainsi derrière les barreaux. Cinq mois de plus. Une virgule, à ce stade. Cette fois, je me fous de l'univers carcéral, j'ai connu pire, il va en falloir plus pour m'abattre. Que je sois libre ou derrière les barreaux, cela ne fait plus aucune différence à mes yeux. Encore une fois, tout ce qui compte, c'est ma fille.

Lors d'un interrogatoire, le juge me renvoie des années en arrière :

— Vous avez été capable de faire une prise d'otages dans un tribunal, donc vous êtes tout à fait capable d'être à la tête d'un trafic de drogue…

— C'est pas vrai.

— De toute manière, vous n'êtes attirée que par les truands !

— Ah ! non, j'ai été mariée dix-huit ans avec un journaliste. C'était pas un truand, à moins que vous considériez les journalistes comme des truands !

Impossible de discuter avec ce jeune juge qui veut jouer au shérif. Il récite son truc. Quoi que je dise, il n'en démord pas. Dans son schéma, Éric et moi sommes à la tête d'une entreprise criminelle. Au bout d'un moment, ça ne sert à rien de se battre. Coupable un jour, coupable toujours. Point final. Pour m'aider, je fais appel à un vieil ami, maître Deodato. Quand je l'appelle, il peine à le croire :

— Mais Martine, qu'est-ce que t'as fait ?

— Mais rien !

— Non, t'as jamais rien fait, toi !

Au bout de cinq mois, il m'obtient une liberté provisoire. Lors du procès, il donne des gages de ma vie ordinaire, montre mes feuilles de paie, mes quittances de loyer. Le dossier est vide, je n'ai rien à voir avec cette affaire. Il remporte même des dommages et intérêts. Ma seule faute : être en couple avec la mauvaise personne au mauvais moment. Éric, lui, est condamné à sept ans de prison. Rebelote, la vie d'une femme de détenu, les parloirs, le linge… À ma libération, la dépression reprend, comme si l'histoire se répétait sans cesse.

Cette histoire éteint pour de bon ma confiance en la justice française. Je n'y crois plus. En principe, tu fais une erreur, tu purges ta peine et tu rentres dans la société. C'est faux. Une fois que t'es sorti des rangs, une fois que t'as fauté, une fois que t'as été condamné, tu ne seras jamais quelqu'un de normal. Qui vole un œuf vole un bœuf... La justice française ne voit pas beaucoup plus loin, il ne faut même pas chercher à comprendre. Quand tu veux un travail, ton CV part à la poubelle. Quand tu cherches un appartement, ton dossier passe en dessous de la pile. Le mot « justice » n'est pas adapté. Elle porte mal son nom. De fait, la justice n'est pas juste. C'est un univers de surveillance et de punition. Pour le restant de tes jours. Le système est vicié. Les dés sont pipés.

Un autre exemple. Après toutes mes histoires, j'ai retrouvé un travail à l'école de Saint-Chartier à côté de chez moi. Les enfants m'adorent. La directrice est contente de moi. Tout se passe bien. Mais l'Éducation nationale découvre que j'ai un casier judiciaire, alors je suis virée. La directrice veut absolument me garder, mais non, rien à faire. La justice me casse encore et toujours.

La réinsertion, c'est du vent. Quand tu fais des conneries, tu dois payer, c'est la règle. Je ne suis pas contre la prison. En revanche, ce que je ne comprends pas, c'est qu'une fois que t'as purgé ta peine, on continue de te juger. Toute ta vie, tu traînes ton casier comme un boulet ou un écriteau dans le dos. Pour la société, c'est gravé à vie, comme un tatouage. Tu deviens un pestiféré. Tu es rejeté, rayé de la carte. Tu ne peux plus travailler dans une banque, une compagnie d'assurance, une école. Tu n'as plus le droit de vote. Je n'ai jamais voté. Mon avis ne compte pas. La société considère que je n'ai pas mon mot à dire.

J'ai reconstruit ma vie en sachant pertinemment que des portes me seraient fermées. J'entends souvent que ceux qui ont fait de la prison finissent toujours par y retourner. Comment faire autrement ? Si tu n'as pas d'amis, si tu n'es pas soutenu, tu replonges. Ton casier judiciaire peut te détruire. On te laisse vivre un peu, mais pas trop non plus, il ne faut pas exagérer. Même si la prison est derrière toi, ta condamnation, tu la traînes à vie.

Quand je sors de prison, je vais voir ma fille. Au cimetière d'Ardentes, j'ai mes grands-parents, mes parents… Longtemps, j'ai eu une vision de la mort assez cartésienne. Une fois que tu es enterré, c'est fini, il n'y a plus rien. Pas d'au-delà, pas de paradis ni d'enfer. Depuis le décès d'Anne, c'est différent. Je me rends seule sur sa tombe, je me recueille, je dépose des fleurs, je prends soin d'elle à ma manière. Aller la voir me fait du bien, je le sens, c'est comme si une force nous rapprochait l'une de l'autre. Peu à peu, je commence à appréhender la mort autrement, sans certitude. Je me dis qu'avec l'âme, il y a peut-être une autre vie possible. Peut-être que nos proches continuent d'exister tant qu'on continue à penser à eux. Je ne ferai jamais le deuil de ma fille, mais j'aime croire qu'elle est toujours là, elle est toujours en moi, c'est une pensée qui m'aide à vivre.

À ma libération, mon fils est venu s'installer avec moi. Il a tout quitté, son boulot, sa maison, pour être à mes côtés. Sans lui, j'aurais sombré, définitivement. Je ne le remercierai jamais assez. Pour l'heure, je réapprends à marcher. J'enchaîne les rendez-vous chez Pôle Emploi, les conseillers me font faire des formations débiles. Des ateliers du style coloriage, découpage, des travaux artisanaux dans lesquels je ne me sens pas du tout à ma place. Un jour, ma conseillère me dit que la Maison de George Sand, à 10 kilomètres de mon domicile, va bientôt embaucher.

— Essayez de postuler.

George Sand ? Je ne connais rien à son univers. À l'école, j'ai peut-être lu *La Mare au diable*, c'est tout. Je tente le coup et je suis prise. Me voilà guide touristique. Sans perdre de temps, je me mets à potasser. Je bouquine pour tout connaître de George Sand.

Plus je me plonge dans sa vie, plus je m'identifie à elle. Non seulement elle a grandi dans le Berry, mais c'est une femme avant-gardiste qui a su braver tous les interdits. Elle a brisé les codes, elle est sortie des carcans et elle n'hésitait jamais à s'aventurer hors des sentiers battus pour les femmes. Elle a fait des choix et ne s'est jamais laissé imposer quoi que ce soit. Elle a eu beaucoup d'amants – Alfred de Musset, Frédéric Chopin – et même des aventures avec des femmes, elle se fichait bien du qu'en-dira-t-on. L'écriture a été son échappatoire. Quand elle était jeune auteur, pour être admise dans les salons littéraires, elle mettait des vêtements masculins, fumait la pipe et signait ses livres d'un nom d'homme. Certains disent qu'elle se prenait pour un homme, je préfère dire qu'elle menait une vie de femme libre. Comme moi, elle était très proche de sa fille et ne s'est jamais remise de la rupture avec elle. Elle a perdu sa petite-fille âgée de 6 ans. Son demi-frère est mort quelques mois plus tard, son amie l'actrice Marie Dorval aussi, son ancien compagnon, le compositeur Frédéric Chopin, est décédé à son tour. Rien ne lui a été épargné… Sa vie a été faite de blessures et de fantômes, un peu comme la mienne. Sa maison est un beau manoir qui ressemble à un petit château. Les murs sont encore imprégnés de sa présence, on a le sentiment qu'elle peut surgir à tout moment. Les esprits existent peut-être… Savoir qu'elle a vécu ici, qu'elle a existé et qu'elle a affronté les épreuves que lui a envoyées le destin est une idée réconfortante.

En 2007, Éric sort de prison. Ensemble, on décide de faire les marchés de la région, les brocantes, les foires… On se donne à fond. Du lundi au dimanche soir, on n'arrête pas. On vend des vêtements, des accessoires, des chaussures pour enfants. Notre plus grand stand, c'est les fringues. Le lundi, on se rend à Aubervilliers pour faire le plein. Cette vie à la fois régulière et mouvementée me plaît bien. Tu n'as pas de contraintes, tu n'es jamais enfermée, ça ressemble à la liberté.

En 2010, nous décidons de nous marier. Pour la première fois de ma vie, c'est un mariage normal. Le premier, j'avais la robe, mais c'était en prison. Le deuxième, je me suis mariée en tenue civile, en pleine semaine et sans personne. Pour le troisième, je veux un vrai mariage. Et j'ai un vrai mariage, bien que nous ne passions pas par l'église. Nous recevons nos invités (une centaine de personnes) dans une grande salle des fêtes : nos collègues du marché, nos amis, nos proches, tous ceux qui ont traversé le temps à nos côtés. Mon fils est mon témoin. La fête dure jusqu'au lendemain. Puisqu'il faut vivre, autant vivre pleinement, intensément…

Au bout de quelques années, notre activité commerciale décline, alors je décide de réaliser un vieux rêve d'enfance : ouvrir une épicerie. Je trouve un local, des anciens bureaux qu'on aménage comme on peut avec des meubles d'occasion. Éric fabrique le comptoir, on récupère des rayonnages de seconde main, on fait avec les moyens du bord parce qu'on n'a pas beaucoup d'argent. Dès le premier jour, un passant s'arrête devant la vitrine et lâche :

— Pfff... dans trois mois, ce sera fini, y aura plus rien !

Quand tu investis toutes tes économies dans un projet, ça te refroidit. Et si personne ne venait ? L'ancienne braqueuse devenue épicière... Ça va encore faire jaser et remonter le passé.

Qu'importe. Il en faut plus pour nous abattre. Entre les ventes, l'approvisionnement et les livraisons, c'est dur, mais on s'accroche. On travaille de 7 heures du matin à 23 heures, tous les jours. Pour la Toussaint, le 1er Mai, la fête des Mères je fais des petits bouquets de fleurs. Dans un coin du local, Éric cuit des pizzas dans un four. Je suis très vite rassurée : dès les premiers temps, notre affaire marche si bien que nous sommes bientôt obligés de déménager dans un plus grand local. Je rachète les pompes funèbres. Dans le village, certains ne viennent jamais. Peut-être à cause de mon passé. Ce n'est pas mon problème. J'ai mes clientes, certaines deviennent des amies fidèles. Le reste m'importe peu. Les années avancent et déjà la retraite pointe le bout de son nez.

Tout est passé si vite, je ne suis pas encore prête à raccrocher. Un jour, un homme vient me voir parce qu'il voudrait racheter le fonds de commerce. Je gagne du temps.

– Désolée, mais je ne suis pas prête.

– J'attendrai…

De temps en temps, l'homme repasse.

– Toujours pas prête.

– J'attendrai.

Toutes mes amies me sermonnent :

– Mais enfin, Martine, t'as trouvé un acheteur, vends !

Au bout de un an, je rappelle l'homme. Ça y est, je suis prête. Encore une fois, c'est moi qui décide. Lors de mon pot de départ, mes clients me couvrent de fleurs et de cadeaux. L'association des commerçants m'offre un transat pour que je puisse profiter de mes vieux jours. Et plus tard, une trentaine de clientes et clients qui sont devenus des amis m'offrent un magnifique sac à main Vuitton et le portefeuille assorti. Depuis, je ne les lâche jamais. J'aime le luxe, c'est vrai, on ne se refait pas, mais ce cadeau a quelque chose de différent. Après toutes ces années, j'ai le sentiment d'avoir trouvé ma place dans le monde. Le cœur un peu plus léger, je termine une vie pour en entamer une nouvelle. C'est comme un saut dans le vide, peut-être le dernier.

À peine la tranquillité s'est-elle installée que, comme toujours, les problèmes ressurgissent. Ma santé décline. Un jour, mon médecin, le docteur Félix Akiyo, me détecte une grosseur externe au niveau du ventre.

— Tu ne veux pas aller à l'hôpital ?

— Non, non, ça va aller.

Je ne m'inquiète pas, je vais le voir assez souvent. Un soir, il m'appelle pour me demander de venir tout de suite à son cabinet, à cinq minutes. Sans attendre, il m'opère sur place, et je rentre chez moi comme si de rien n'était. Ensuite, c'est le cœur. De grosses crises de tachycardie m'obligent à me rendre à l'hôpital de Tours une fois tous les quinze jours. Ensuite, on me découvre une tumeur dans un poumon. Bien qu'elle soit bénigne, les médecins m'opèrent pour m'enlever le lobe droit. Je suis hospitalisée pendant le covid, donc je n'ai droit à aucune visite. S'ensuit une période de convalescence. C'est long. Il faut réapprendre à respirer, les côtes sont douloureuses. Quand on travaille, quand on est dans la vie, on ne se rend pas compte que la santé décline. Le corps, c'est comme les émotions : quand on met tout sous le tapis, les soucis finissent par ressurgir. Je vieillis, c'est difficile à accepter, mais c'est inévitable. Avec le temps, des êtres aimés s'en vont avant nous. Mes parents ne sont plus là, Jean-Charles est parti, Bruno est parti, Anne…

Avant de partir à mon tour, j'aimerais m'installer sur l'île d'Oléron. Mon petit paradis. Là-bas, j'ai un mobile-home. Le mobile-home, c'est à la fois le calme et le mouvement. La possibilité de partir ailleurs, loin de tout. J'aime changer d'endroit, sentir l'iode et contempler la lumière qui tombe du ciel vers l'océan. Pour moi, la mer, c'est l'horizon, l'évasion, la liberté la plus totale. Encore aujourd'hui, j'éprouve le besoin de m'échapper. L'île est à quatre heures de route, ce n'est pas loin. Pour l'instant, ce trajet ne me fait pas peur, mais peut-être que dans quelques années, je ne dirai pas la même chose. On verra…

La vie trouve son chemin. Pour l'heure, je profite de mes petits-enfants. Je les retrouve après l'école. Quand William n'a pas le temps, je m'occupe d'eux avec plaisir. La pureté de leur jeunesse m'empêche de vieillir trop vite. Avec eux, tout est naturel, tout est entier, tout est sincère. C'est un bonheur total, le plus beau cadeau que je puisse recevoir. Même si ce n'est pas facile tous les jours, la vie m'a appris à savourer tous les moments simples passés à leurs côtés.

Ma sœur et moi, on est toujours aussi proches. Elle a tout traversé avec moi. Aujourd'hui, elle est comme la gardienne de mes souvenirs enfouis. Parfois, on regarde William et on se dit : « Regarde, il se tient comme Jean-Charles ! » Le temps passant, je dois admettre qu'il lui ressemble de moins en moins, même s'il garde la même gestuelle, la même posture, le même caractère. Mon petit-fils, Nolhan, ressemble, lui, à son père. Il est sage, posé et mûr pour son âge. Il faut dire qu'il fait son apprentissage avec son père en tant qu'électricien, j'ai l'impression que ça le fait grandir vite.

Dans le caractère de mes petites-filles, je retrouve le mien. Pour la plus âgée, Lana, je suis une confidente, comme ma grand-mère l'était pour moi et comme je l'étais pour ma fille. La plus petite, Maï-Lan, s'interroge sur son grand-père. Mais pour l'instant, c'est un secret. Elle a 10 ans, elle est curieuse, intelligente, toujours une oreille qui traîne. Elle pose des questions et comme elle est maligne, elle doit bien le sentir : on lui cache des choses à mon sujet. Elle sait que j'ai fait de la prison. Elle sait que son papi a fait de la prison. Elle essaie de savoir pourquoi et tente de relier les non-dits. Quand elle veut aborder le sujet avec moi, je change vite de conversation, encore un peu gênée. Un jour, elle pourra lire ces pages pour tout savoir. Dans mon histoire, peut-être trouvera-t-elle des indices qui la mèneront vers une vie libre – tels des petits cailloux blancs que j'aurai semés sur mon chemin. Si je pouvais rendre visite à la jeune fille que j'étais et qui rêvait de partir, je lui dirais sans doute ceci : « Fonce, va au bout de tes envies, accroche-toi, mais ne regrette rien. »

Alors, peut-on changer ? Cinquante ans ont passé depuis que j'ai tout quitté pour vivre une vie d'aventures. Un demi-siècle d'un long voyage au cours duquel je suis devenue celle que je suis aujourd'hui. Je crois qu'on finit toujours par revenir à ses racines. Pour moi, retrouver mes racines, ce n'était pas tant retourner dans le Berry qui m'a vue naître que me rapprocher de ma famille. D'être auprès de ma sœur, de mon fils et de ma fille… Encore aujourd'hui, malgré tout ce qui m'est arrivé, je garde un esprit rebelle. Je suis rentrée dans le troupeau, mais je ne me sens pas mouton. Dans la société, je suis toujours un peu à l'écart. Toute ma vie, j'ai emprunté des chemins de traverse. À défaut de véritablement changer, je crois qu'on évolue. Avec le temps, on s'assagit. Ses quelques erreurs ne suffisent pas à définir une personne, alors il faut s'abstenir de juger. Il est toujours possible de refuser le rôle que la société nous assigne, d'échapper à un destin tout tracé. Autrement dit, nous pouvons tous être libres, malgré les coups du sort, les malheurs qui nous laissent inconsolables, toutes les épreuves que nous rencontrons sur notre chemin.

En commençant l'écriture de ce livre, je pensais me libérer du passé. Mais on ne s'en débarrasse jamais. Il est toujours là, tapi en nous, il ne disparaît jamais, il nous accompagne, pour le meilleur et pour le pire, c'est une idée à la fois douloureuse et réconfortante, avec laquelle il faut se réconcilier, et vivre. Parfois, il est bon d'avoir des fantômes avec soi.

D'ailleurs, il m'en reste un à libérer.

15.

Il y a quelques années, une femme a voulu entrer en contact avec moi. C'était la dernière épouse de Jean-Charles. À l'époque, j'ai refusé, cela ne m'intéressait pas. Elle est décédée depuis. À sa mort, nous avons appris qu'elle avait gardé les cendres de Jean-Charles : sa fille a appelé William pour savoir s'il voulait les récupérer. Dans la négative, elle avait pour consigne de déposer ses cendres auprès de celles de sa mère, dans le même caveau.

— T'en penses quoi ? m'a demandé mon fils.

Pour moi, il était inconcevable d'enfermer pour l'éternité dans une tombe un homme qui avait passé plus de vingt ans derrière les barreaux et trente de plus dans une urne ! Il fallait faire quelque chose, il fallait le sortir de là.

— Écoute, on ne peut pas laisser ton père emprisonné dans une boîte jusqu'à la fin des temps.

— Qu'est-ce que t'as en tête ?

J'ai esquissé un sourire qui devait venir de loin.

— C'est simple, dis-je, on va le libérer.

Quelques jours plus tard, la fille est arrivée à Ardentes avec l'urne. Au cœur de l'après-midi, on s'est rassemblé chez mon fils. Il y avait William, mes trois petits enfants et moi. Dans un silence solennel, au fond du jardin, chacun a saisi une poignée de cendres et l'a dispersée dans l'herbe.

— Voilà, Jean-Charles, ai-je dit, on te rend ta liberté.

Cela a pris cinq minutes, tout au plus. C'était moins compliqué que la première fois au Palais de justice… Moins risqué aussi. Soudain, le vent s'est levé, faisant s'envoler les cendres. Nous nous sommes retournés : Maï-Lan avait le visage tout gris. Nous avons tous été pris d'un grand fou rire. Dans la lumière déclinante de l'après-midi, le dernier hommage s'est terminé. Ce fut sa toute dernière évasion.

Maintenant, c'est à mon tour de me libérer…

Remerciements

Merci à Raphaël Malkin qui m'a encouragée à raconter mon histoire et à Arthur Cerf dont l'aide a été si précieuse pour écrire ce récit.

Merci à mes éditeurs, Édith Leblond et Renaud Leblond, pour leur confiance.

Merci enfin à toute ma famille pour son affection et en particulier à ma sœur Betty qui m'a accompagnée tout au long de cette belle aventure.

Soucieuses de la préservation de l'environnement, les Éditions XO utilisent du papier issu de forêts gérées de manière responsable.

Composition et mise en pages
Nord Compo à Villeneuve-d'Ascq

Impression réalisée par CPI BRODARD & TAUPIN
La Flèche (Sarthe), en avril 2024

N° d'édition : 5176/01 – N° d'impression : 3056812
Dépôt légal : mai 2024

Imprimé en France